Iris Fritzsche

Pinguine

in

Afrika

von Rückstoßenten, Löwenschweinen,

Pinguinen, Geistern, Riesen,

diebischen Gesellen und mehr...

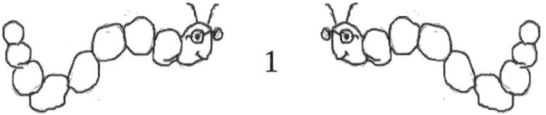

Herstellung und Verlag:

BoD – Books on Demand, Norderstedt

Bibliografische Information der Deutschen Nationalbibliothek:

Die Deutsche Nationalbibliothek verzeichnet diese Publikation in der Deutschen Nationalbibliografie; detaillierte bibliografische Daten sind im Internet über http://dnb.d-nb.de abrufbar.

ISBN: 978-3-7481-2603-4

Ein dickes DANKESCHÖN an alle, die mir mit Rat und Tat bei der Überarbeitung des Buches geholfen haben. Danke auch für das zur Verfügung stellen der Urlaubsfotos, die das Buch auflockern.

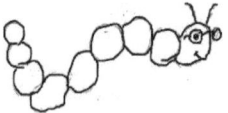

2

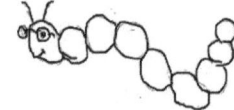

Reisevorbereitungen

Eine so weite Reise muß gut vorbereitet sein. Deshalb sollte ich an dieser Stelle erst einmal ein paar Worte zu den Reisevorbereitungen sagen. Es ist nämlich eine recht langwierige Sache, wenn man vor hat, eine solche Individualtour zu unternehmen. Na ja, ehrlich gesagt, ganz ohne Hilfe geht das nicht. Das ist hauptsächlich eine Zeitfrage. Warum? Dazu wären umfangreiche Recherchen im Internet notwendig. Hat man dann etwas scheinbar passendes gefunden, muß man sich mit den einzelnen Farmen oder Lodges per Mail in Verbindung setzten, Anfragen auf Englisch schreiben, die Rückantworten abwarten und so weiter. Deshalb nutze ich in dieser Phase gern die Hilfe von Profis. Die habe ich bei einem Reiseunternehmen gefunden, welches sich auf genau solche Leute wie mich spezialisiert hat. Und ich muss zugeben, damit bin ich bisher immer sehr gut gefahren. Trotzdem brauche ich mindestens ein Jahr Vorlaufzeit.

Doch nun zurück zum Anfang der Reisevorbereitungen. Als allererstes wären da die Reisekandidaten. Diese müssen sowohl zu mir, als auch zu meiner Art des Reisens passen. Das heißt, sie müssen aufgeschlossen gegenüber Unbekanntem sein, neugierig und unkompliziert. Unkompliziert ist besonders wichtig, denn wir sind

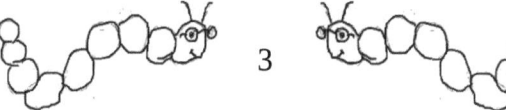

unterwegs wie Zugvögel. Nirgendwo lassen wir uns lange nieder.
Solche Leute finde ich ausschließlich über Mundpropaganda. Ich habe
es auch schon mit Zeitungsannoncen versucht, aber das klappt
überhaupt nicht. Dazu wären lange Erklärungen notwendig, die gar
nicht in die kleinen Annoncen-Kästchen hinein passen. Doch bisher
hat das mit der Mundpropaganda ja immer recht gut geklappt.
Das ist der erste Grund für die lange Vorbereitungszeit. Und mehr
Leute als in ein Auto hinein passen, möchte ich auch nicht mitnehmen.
Das wird sonst unübersichtlich. Fazit: gesucht werden maximal vier
Leute pro Reise, die zu mir und zueinander passen. Habe ich diese
gefunden, kommt Phase zwei. Wir setzen uns zusammen und sprechen
darüber, was jeden so auf einer Reise im Süden Afrikas interessieren
würde. Schließlich geht es darum zu Beginn das Reiseland
festzulegen, Südafrika oder Namibia. Ist das geklärt, werden
Wünsche gesammelt, was jeden in dem entsprechenden Land
besonders interessieren würde. Das schreibe ich mir erst einmal auf.
Danach nehme ich mir die Karte des entsprechenden Landes und lege
mir Merkzeichen darauf, die die Wunschziele darstellen. Ist die
Vorbereitung an diesem Punkt angekommen, lasse ich die Karte mit
allen Zeichen darauf erst einmal liegen und überschlafe das Ganze. Im
Schlaf kommen mir manchmal recht gute Einfälle. Na gut, manchmal

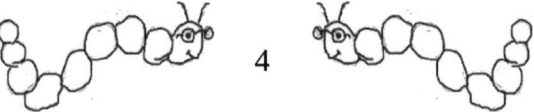

lasse ich es auch mehrere Tage liegen. Ich habe ja in der Wohnung genug Platz. Habe ich dann einen groben Plan im Kopf entworfen, schreibe ich mir die Stichpunkte auf einen großen Zettel. Dann verbinde ich gedanklich alles zu einer Reiseroute.

Jetzt kommt der Punkt, wo ich erste Überlegungen zu Start und Ziel mit Sehenswürdigkeiten auf der Tour verbinden muss. Immerhin soll innerhalb der Reise ja auch noch eine Steigerung in der Erlebnisqualität möglich sein. Diesen ersten Planentwurf schreibe ich wiederum auf und nutze ihn als Gerüst für die endgültige Planung. Nach einigem hin und her, mehreren zerknüllten Entwürfen und Streckenänderungen ist es endlich geschafft. Die Reiseroute steht. Der Reisezeitraum ist festgelegt. Die Strecke ist tagfertig abgesteckt. Jetzt informiere ich meine Reiseteilnehmer und teile ihnen mit, was bis jetzt erledigt ist. Meist kommt dann: *„Wir verlassen uns ganz auf dich."* oder *„Wir lassen uns überraschen"*

Nun geht es an die finanzielle Seite der Geschichte. Lang soll die Reise sein, preisgünstig aber auch. Na ja, die Länge ist durch die Anzahl der Urlaubstage aller Mitreisenden begrenzt. Meist sind es maximal 19 Tage. Finanzielle Grenzen setzt mein Sparschwein. Und auch das muss ich zuvor mindestens zwei Jahre richtig straff füttern. Jedenfalls ist jetzt der Punkt erreicht, wo ich mich an meine Profis

5

wende. Diesen übermittle ich meinen tagfertigen Plan mit Streckenführung, benötigten Fahrzeugen und finanziellem Rahmen. Zu den benötigten Fahrzeugen gehört neben dem Flugzeug ja auch noch der Mietwagen für die Rundreise. An dieser Stelle angekommen ist meist noch ein dreiviertel Jahr oder ein klein wenig länger Zeit bis zum geplanten Abreisetag. Es ist wichtig einen so großen Spielraum zu haben. Zum einen haben ja nun meine Profis noch die ganze organisatorische Arbeit mit den Unterkünften, dem Auto und dem Flug an sich, zum anderen erwischt man auf diese Weise meist recht preiswerte Flüge. Mitunter gibt es dann auch noch die eine oder andere Änderung, die sich aus der Streckenführung oder den gewünschten Etappenorten ergibt. Manchmal gehen auch noch mehrmals e-Mails hin und her. Dann erhalte ich den endgültigen Reiseplan inklusive Finanzplan zurück. Wieder kontaktiere ich meine Mitreisenden, informiere sie über den Stand der Dinge und sammle das erste Geld ein. Meist ist es das für die Flüge. Die müssen immer zuerst bezahlt werden. Da meine Profis auch die gesamte Bündlung der finanziellen Abwicklung überwachen, schicke ich das eingesammelte Geld nun an sie. Und sie überweisen den Betrag an die entsprechende Stelle. Das klappt seit mehr als zehn Jahren ohne Probleme.

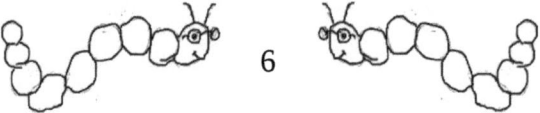

Nun tritt eine Phase der Ruhe in den Vorbereitungen ein. Mehr als ein halbes Jahr ist noch Zeit. In diesem Zeitraum überprüft jeder seinen Pass auf Gültigkeit, besorgt sich eventuell noch notwendige Papiere, wie zum Beispiel einen internationalen Führerschein. Mitunter sind auch noch gesundheitliche Vorkehrungen zu treffen, Reisepillen, Impfungen usw. Endlich ist die Zeit auf einen überschaubaren Zeitraum von etwa acht Wochen zusammengeschrumpft. Es beginnt die heiße Phase der Vorbereitungen. Das gesamte restliche Urlaubsgeld wird an die Profis überwiesen und somit bezahlt. Im Gegenzug erhalte ich nun eine dicke Reisemappe mit Unterlagen, Vouchern und Kartenmaterial, auch Lektüre ist dabei. Letzte Absprachen untereinander werden getroffen. Nun geht es um solche Feinheiten wie Bekleidung, Handgepäck, Film- und Fotomaterial. Dazu wird der Wetterbericht im Internet studiert und in den Unterlagen nachgelesen. Als letztes wird noch der Treffpunkt für den scharfen Start vereinbart. Damit ist endlich alles erledigt, was vor Reisebeginn getan werden konnte und musste. Alle sind jetzt schon genauso hippelig wie ich. Nun kann es losgehen. Das Abenteuer ruft! Und jedes Abenteuer beginnt meist ganz harmlos. In unserem Fall war es meist eine Zugfahrt. Zu den Annehmlichkeiten einer solchen organisierten Individualreise gehört es, dass jeder Teilnehmer ein Zug-

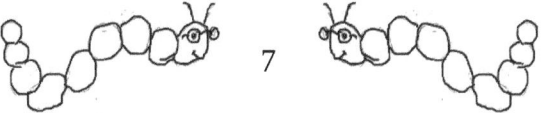

zum-Flug-Ticket der Deutschen Bahn erhält. Damit kommt man günstig bis zum Flughafen Frankfurt, wo dann die Flüge Richtung Afrika starten. Gut, der Zeitaufwand ist größer als wenn man das Flugzeug ab Dresden bis nach Frankfurt nehmen würde. Aber nach Dresden muss man ja auch erst einmal kommen. Außerdem kann eine Zugfahrt auch ganz lustig sein. Zum einen lernt man sich untereinander schon ein wenig kennen und zum anderen bieten auch Züge selbst einen gewissen Spaßfaktor. Wie zum Beispiel bei meiner vorletzten Reise. Bis Leipzig fuhren wir mit dem Regionalzug. Dann stiegen wir in den ICE um. Jeder von uns hatte einen großen Koffer und eine etwas größere Tasche für das Handgepäck dabei. Im Zug erwischten wir, meine Freundin und ich Plätze direkt hinter der automatischen Tür. Das war günstig, die Koffer ließen sich gut hinter der Rückenlehne verstauen. So hatten wir sie immer im Blickfeld. Wir setzten uns, machten es uns für die lange Strecke bis Frankfurt bequem und blätterten in den auftliegenden Zeitungen. Der Zug fuhr los. Alles war prima. Bis zu dem Zeitpunkt, wo ich mich anlehnte. Plötzlich öffnete sich mit lautem Zischen die Automatiktür. Im ersten Moment dachte ich ja, es käme jemand herein. Ich fuhr hoch, blickte mich um, aber da kam niemand. Hm, vielleicht ist im Vorraum jemand vorbei gegangen? Da sonst nichts passierte, lehnte ich mich wieder an.

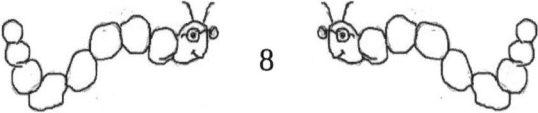

Prompt zische es wieder, die Tür öffnete sich. Oberkörper gerade, alles ruhig, anlehnen, zischen, Tür auf. Drei vier Mal schaukelte ich so hin und her. Meine Freundin amüsierte sich schon. Dann tauschten wir die Plätze. Auch als sie sich anlehnte, der gleiche Effekt. Langsam wurde es uns zu bunt. Nun setzten wir uns beide auf die von der Tür entfernt liegende Bank. Endlich war Ruhe. Als dann der Schaffner zwecks Fahrkartenkontrolle kam, haben wir ihn natürlich auf die Sache mit der Tür aufmerksam gemacht. Wenig später arbeitete er an einem kleinen Kasten im Vorraum. Als er dann erneut herein kam, teilte er uns mit, dass ein Sensor überempfindlich reagiert hätte. Repariert hat er ihn nicht, aber abgeklemmt. Zumindest stört er nicht mehr durch ständiges Öffnen der Waggontür. Klar, dass wir uns auch später noch mehrfach an diese verrückte Tür erinnert haben, besonders wenn wir eine Automatiktür sahen.

Auf dem Flughafen gibt es solche Türen zum Glück nicht, sonst wären wir vor Lachen nie im Flieger angekommen. Ach, apropos angekommen, da fällt mir doch glatt noch so eine kleine Episode am Rand der Reise ein:

 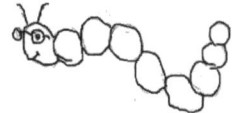

Falscher Alarm

In der Abflughalle gibt es ja mehrere Check In-Schalter, für die verschiedenen Fluggesellschaften. Dort muss man sich mit seinem Koffer brav anstellen, um sein Gepäck auf die Reise zu schicken und die Bordkarte zu erhalten. Nach dem wir den Aufstieg vom Bahnhof bis in den Flughafen per Rolltreppe und mit Gepäckwagen bewältigt hatten, stellten wir uns ebenfalls an. In der Schlange standen mindestens dreißig Leute vor uns. Ich hatte also genügend Zeit mich um zuschauen. Vor uns stand eine Großfamilie mit mindestens fünf Kindern (genau konnte ich nicht zählen, weil sie ständig durch die Gegend wuselten), drei voll beladenen Gepäckwagen und noch jede Menge kleinen Gepäckstücken. Das konnte dauern! Hinter mir ein junges Pärchen, welches sich laufend abschmatzte. Dahinter ein älterer Herr mit einem Rucksack und Flipflops an den Füßen. Was ich schon mal sehr interessant fand. Insgesamt ein recht bunt gemischter Trupp. Wie ich noch so meine Mitreisenden begucke, steigt mir auf ein Mal ein merkwürdiger Geruch in die Nase. Schnuppernd halte ich meine Nase in die Luft. Nein, das kam weder von der Großfamilie noch von dem älteren Herrn. Ich winkte meine Freundin heran, die sich ein wenig seitlich platziert hatte. „Riechst du was?" fragte ich sie. Auch sie bekam eine Nase voll, von diesem merkwürdigen Geruch.

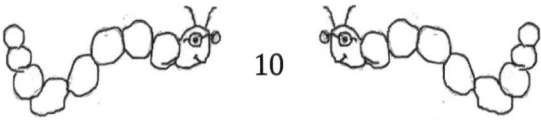

Wir guckten uns beide an und rätselten, was das sein könnte. Der Geruch wurde immer stärker. Mittlerweile drehten sich bereits in mehreren Schlangen die Leute, nach der Quelle suchend, um. Nur die herum stehenden Sicherheitsleute schienen nichts zu bemerken. Daraufhin sprachen wir sie direkt auf den *Geruch* hin an. Nach dem der Wachmann seinen Platz verändert hatte, schien er es plötzlich auch zu riechen. Man konnte es folglich nur in einigen Bereichen der Halle wahrnehmen. Inzwischen hatte meine Nase auch herausgefunden, dass es sich um eine brenzlige Geruchsnote handelt, was ich dem Wachmann auch mitteilte. Daraufhin stellte er sich etwas abseits, griff zu seinem Funkgerät und gab eine Meldung durch. Hoffentlich nichts ernstes, dachte ich noch bei mir. Meine Befürchtungen reichten sogar bis zur Räumung des Flughafens und Flugausfall. So schlimm war es dann aber zum Glück doch nicht. Wie sich herausstellte, befanden sich direkt unter dem Abflugterminal Küchen. In einer dieser Küchen nun war in einer großen Pfanne Gemüse verschmort. Das hatte zu diesem Gestank geführt, der über die Lüftungskanäle bis zu uns herauf gedrungen war. Als der Geruch bei uns oben ankam, war in der Küche schon Entwarnung gegeben und die Pfanne entsorgt worden. Das hatte uns der Sicherheitsbeamte auch umgehend mitgeteilt. Klar, dass alle

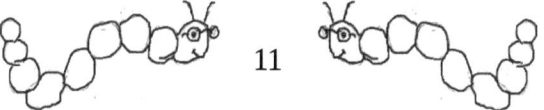

erleichtert waren, eine derart harmlose Ursache für den Gestank zu erfahren.

Mittlerweile waren wir in der Schlange immer weiter vor gerückt und endlich auch am Schalter angekommen. Unser Gepäck wurde gewogen, für nicht zu schwer befunden, mit einem Anhänger versehen und über ein Laufband in Richtung Flugzeug geschickt. Dort landete es gemeinsam mit vielen anderen Gepäckstücken in einem Gittercontainer und verschwand im Bauch unseres Flugzeugs. Wir würde es erst am Zielflughafen wiedersehen.

Da wir gerade beim Thema Flugzeug sind, fällt mir gleich noch eine Pannengeschichte ein. In diesem Fall ereignete sich das Malheur *im* Flugzeug.

Geister an Bord?

Es war eine große Boeing 737, wenn ich es richtig in Erinnerung habe. Jedenfalls hatte sie seitlich zwei und in der Mitte vier Sitze. Vorn, eine durch Vorhang abgeteilte Business-Class, dann der Einstiegsbereich.

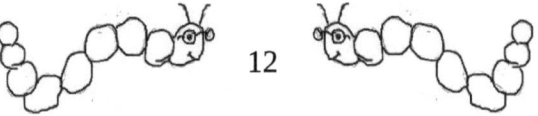

Dahinter die Plätze der Holz-Klasse, wie man den Economy-Bereich mitunter auch nennt. Dieser war auch noch einmal geteilt. Etwas auf der Hälfte war der zweite Einstiegsbereich. Dort befand sich auch die Bordküche. Trotz der Tatsache, dass sie nicht sehr groß ist, wird hier die Verpflegung für fast vierhundert Leute zubereitet. Na ja, nicht frisch gekocht, aber frisch aufgewärmt immerhin. An Bord kommt das Essen in solchen großen schmalen Metallschränken, die dann in die Wärmeofen geschoben werden. Auch auf diesem Flug hatten wir vor dem Start beobachten können, wie die Verpflegungsschränke verladen wurden. Endlich war alles an Bord, was mit sollte, Leute, Gepäck und Essen.

Klappen und Türen zu und schon rollte die Maschine zum Start. Plötzlich rumpelte es im Küchenbereich. Noch etwas rollte, nämlich einer der Verpflegungsschränke. Wollte der etwa wieder aussteigen? Oder waren heute echte `dienstbare Geister` mit an Bord? Jedenfalls hatte sich eine Tür in der Bordküche geöffnet und einer der Schränke rumpelte munter durch den Gang des Flugzeugs. Dabei waren wir noch nicht einmal in der Luft! Rasch machten wir die Stewardess auf den Ausflug des Speiseschrankes aufmerksam. Sie fing ihn ein und sperrte ihn wieder an seinen Platz. Die Maschine nahm Anlauf, hob die Nase zum Abheben und … erneut machte sich der dreiste Schrank

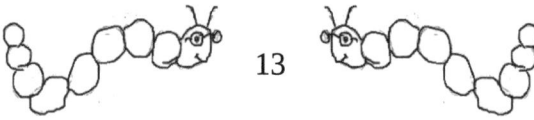

auf den Weg durch das Flugzeug. Dieses Mal schaffte er sogar die halbe Strecke von der Küche bis zum Heck. Dann verkantete er sich im Gang und blieb stecken. Da sich jetzt keiner abschnallen durfte, blieb der Schrank erst einmal in dieser Position hängen bis die Startphase vorüber war. Erst danach konnte ihn das Bordpersonal erneut zurück in Richtung Küche befördern. Wie sich herausstellte, waren nicht etwa Geister dafür verantwortlich, sondern ein defekter Türverschluss. Deshalb hatte sich der Schrank auch beim zweiten Mal `befreien` können. Erst nach gemeinsamer Anstrengung mehrere Crewmitglieder wurde der Schrank gebändigt und anschließen zurück an seinem Platz eingesperrt. Also leider nix mit dienstbare Geister.

Flugzeuge, Koffer und der erste Start

Ja, da kommen wieder Erinnerungen hoch, an unsere allererste Reise. Auch da nahmen die Koffer den Weg über das Laufband zum Bauch des Flugzeugs. Zielflughafen war damals Johannesburg, oder kurz Jo-Burg, wie die Einheimischen sagen. Damals war ich noch verheiratet und reiste mit meinem Mann. Wir starteten im Februar bei minus 5°C von Tegel, über Shiphol in Holland, bis eben nach Jo-Burg. Die Landung erfolgte bei +25°C. Puh, war das eine Umstellung! Ja, in

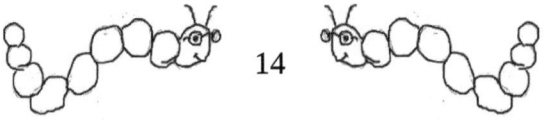

Deutschland war Winter, hier Sommer. Jo-Burg liegt eben auf der anderen Halbkugel unserer Erde. Was wir zwar theoretisch wussten, aber praktische Vorstellungen von diesem Unterschied hatten wir nicht.

Da standen wir nun in unseren warmen Winterpullovern vor meinem Cousin, welcher uns vom Flughafen abholte. Und schwitzen gar mächtig. Aber nicht lange! Gleich nach dem wir unsere Koffer in Empfang genommen und das Flughafengebäude verlassen hatten, suchten wir nach einer Möglichkeit uns umzuziehen. Die war aber nicht in Sicht. Was blieb uns übrig wenn wir nicht zerfließen wollten, eine spontane Notfallvariante musste her. Wir schleppten die Koffer zum Auto und legten sie auf den Rücksitz, damit wir sie öffnen konnten. Schnell entnahmen wir einige sommerliche Kleidungsstücke. Ein kurzer Blick nach allen Seiten und schon fielen die Hüllen. In Windeseile hatten wir die Winterbekleidung ausgezogen und standen in Unterwäsche auf dem Parkplatz. Nun schnell in die Sommersachen geschlüpft und der Urlaub konnte beginnen. Also wer uns damals beobachtet hat, hatte sicher mächtig viel Spaß bei unserer Aktion.

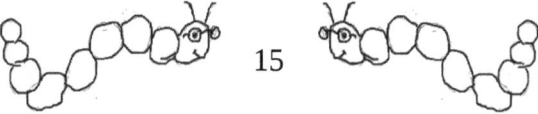

Kaffeepause im `Thüringer Wald`

Doch das sollte nicht die einzige verrückte Aktion unseres ersten Urlaubs bleiben. Die nächste ließ nicht lange auf sich warten. Mein Cousin gab den Reiseführer auf unserer Individualtour. Er hatte auch die Strecke ausgewählt, auf der er uns durch das Land fahren und die Sehenswürdigkeiten zeigen wollte. Ich erinnere mich noch daran als wäre es gestern gewesen. Ohne uns zu verraten, wohin es gehen sollte, fuhr er los. Es ging in nördliche Richtung. Plötzlich sagte er: *„Kaffeepause im Thüringer Wald!"* Wir sahen uns beide an. Wollte er uns verulken? Da tauchte hinter einer Straßenbiegung plötzlich tatsächlich ein Nadelwald auf. Wie kam der denn hier her? Beim genaueren Hinsehen bemerkten wir , dass sich dieser Wald doch etwas von seinem europäischen Gegenstück unterschied. Die Äste waren gerader, breiter ausladend und machten den Eindruck als wären sie am Baum angesetzt. So gleichmäßig und symmetrisch wuchs bei uns kein Nadelbaum. Auch waren die Nadeln länger. In späteren Jahren habe ich einzelne Exemplare davon als Zierbäume in heimischen Gärten

entdeckt. Kaffee getrunken haben wir im *Thüringer Wald* dann doch nicht. Mein Cousin ließ uns nur ein wenig Zeit zum Füße vertreten und gucken. Dann ging es auch schon weiter. Er meinte die gesamte Fahrzeit des Tages würde bei fünf Stunden liegen. Gegen Mittag

wären wir in Pietermaritzburg. Dort wäre Mittagessen geplant. Von der Zeit her kam das letztlich auch hin, nur aus dem Mittagessen wurde nichts. Aus irgendeinem Grund war in der gesamten Stadt Stromausfall. Sämtliche Technik war vollständig außer Betrieb. Alle Läden waren geschlossen. Mit knurrendem Magen fuhren wir weiter. Hinter Pietermaritzburg gab es wieder Strom. Die nächste geöffnete Raststätte an der Strecke war unsere. Das erste Mal afrikanisch essen! Hatten wir uns so gedacht. Und dann gab es belegte Sandwich! Aber wir wurden wenigstens satt. Außerdem sollte es ja am Abend in unserer Unterkunft ein richtiges Buffet geben. Das tröstete uns über diese Enttäuschung ein wenig hinweg. Am Ende landeten wir in Mageobaskloof. Und da passierte dann unser erstes „Affen-Abenteuer" mit einem Pavian. Doch dazu etwas später.

So weit zu Reisevorbereitung und scharfem Start ins Abenteuer. Ja, eigentlich ist jeder Afrika-Urlaub für mich ein Abenteuer. Weil ich mir dabei die Zeit nehme, meine Umgebung neu zu entdecken. Auch wenn es mitunter nur Kleinigkeiten sind. Doch gerade die sind das Salz in der Suppe namens Urlaub.

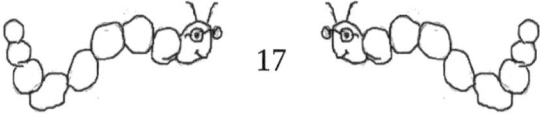

Gedanken am Morgen

Ich stehe im Nachthemd am Fenster meines Hotelzimmer. Noch etwas verschlafen schaue ich der Sonne beim Aufgehen zu. Der Himmel ist in überirdisch schöne Farben getaucht, die man dort nie erwartet hätte. Als Hintergrund ein wunderbar klares helles Türkisblau, davor zart orangefarbene Wolken. Später ändern sich die Farben. Der Himmel erhält sein gewohntes Blau, die Wolken wechseln über blutrot zu weiß. Der neue Tag hat begonnen. Was wird er bringen? Ich weiß es nicht, träume aber ein paar Minuten von Sommer, Sonne und Urlaub. Jetzt habe **ich** Urlaub! Und Zeit zum philosophieren und träumen.

„Endlich Urlaub", ein Stoßseufzer, den wohl jeder von uns schon einmal in der einen oder anderen Form ausgestoßen hat. Geschafft von den reichlichen Arbeitswochen des Jahres, freut sich jeder auf diese Zeit der Erholung und Entspannung. Leider ist die Urlaubszeit im Vergleich zur Anzahl der Arbeitswochen immer viel zu kurz und geht viel zu schnell vorbei. Gerade hat man angefangen sich fallen zu lassen, wird man schon zurück in die raue Arbeitswelt gestoßen. Doch ich will nicht jammern, Urlaub ist schön, Urlaub macht Spaß und so soll es sein und bleiben.

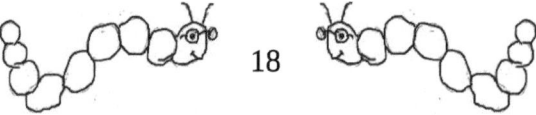

Bleiben wir also beim Thema Urlaub. Es gibt viele verschiedene Arten, wie man ihn verbringen kann. Jeder hat da so seine eigenen Vorstellungen. Ja, ich habe sogar festgestellt, dass es verschiedene Urlaubstypen gibt. Eigentlich gibt es, aus meiner Sicht, vier Haupttypen von Menschen in Bezug auf die Art und Weise wie sie ihren Urlaub verbringen. Der erste ist der so genannte Hamburger-Typ. Hier zu gehören alle Menschen, die ihren Urlaub ausschließlich oder überwiegend mit Nichtstun verbringen. Sie liegen im Liegestuhl auf dem Balkon oder am Strand und lassen sich die Sonne auf den Bauch scheinen. Wie ein Hamburger lassen sie sich erst von der einen Seite bräunen. Dann wälzen sie sich herum und tun dasselbe von der anderen Seite. Am Liebsten hätten sie es, käme jemand vorbei zu dem sie sagen könnten: „ Bitte wenden Sie mich" und dann dreht die angesprochene Person den Urlauber. (In Gedanken stelle ich mir dann immer jemanden mit einem großen Bratenwender vor, den er unter die entsprechende Person schiebt, leicht anhebt und anschließend mit Schwung auf die andere Seite wirft. Eben wie man ein Steak oder den Hamburgerbratling wendet.)

Der zweite Typ ist der Aktiv-Urlauber. Er ist interessiert daran, sich in seiner Urlaubszeit zu bewegen, Sport zu treiben, zu wandern, zu schwimmen oder zu klettern. Also das genaue Gegenteil des

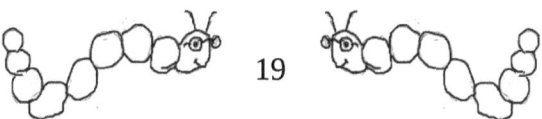

Hamburger-Typs. Ihn zieht es hinaus in die nähere oder fernere Natur, wo er seinen Neigungen frönen kann. Bei ihm ist es nicht ausgeschlossen, dass er nach seinen Urlaubswochen mit einem Krankenschein im Betrieb erscheint. Dann nämlich, wenn er es mit dem Sport etwas arg übertrieben und sich dabei ernsthafte Verletzungen zugezogen hat.

Der Typ Nummer drei ist der sogenannte Herden-Urlauber. Er bevorzugt Urlaub in der Gruppe. Möchte auch im Urlaub geführt und geleitet werden, ist gesellig, aber nur bedingt neugierig. Die Neugier reicht nur so weit, wie er sie unbedenklich und vor allem ohne Gefahr für Leib und Leben, stillen kann. Experimente im Urlaub sind ihm zumeist suspekt. Deshalb schreckt er vor allem zurück, was auch nur den Hauch einer Gefahr bedeuten könnte.

Der vierte und letzte Typ ist der Zigeuner-Urlauber. Er reist meist allein oder mit nur wenig Begleitung. Steckt seine Nase in alle möglichen Ecken, erkundet die von ihm erwählte Umgebung auf eigene Faust und hält sich selten länger an einem Ort auf. Die angeborenen Neugier treibt ihn immer weiter. Er kehrt auch nur selten an Orte zurück, die er bereits ein Mal besucht hat. Es sei denn, er hat es nicht geschafft, seine Neugier komplett zu befriedigen.

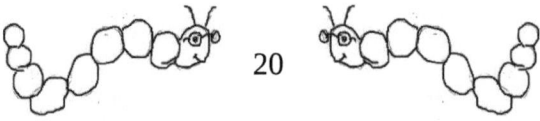

Natürlich treten alle Urlaubertypen nur äußerst selten in Reinkultur auf. Es gibt viele Misch-Typen. Also solche, die von allem etwas haben. So gibt es Badeurlauber, die auch wandern gehen, oder Gruppenreisende, die in der vorgegebenen Freizeit auch mal die eine oder andere Ecke ihrer Urlaubsregion selbst erkunden. Nur vom Zigeuner-Urlaub halten sie zumeist alle nicht all zu viel. Der ist ihnen zu anstrengend, zu unsicher und manche halten ihn sogar für gefährlich. Darin sind sie sich einig.

Doch genug fabuliert. Es ist eine von mir getroffene Einteilung, die keineswegs den Anspruch auf Richtigkeit oder gar Vollständigkeit erheben kann. Sie sollte vielmehr einen Ausgangspunkt für meine weiteren Ausführungen bilden. Ich selber zähle mich nämlich zu dem zuletzt genannten Zigeuner-Typ. In meinen drei Urlaubswochen findet man mich selten länger als zwei Nächte an einem Ort, dann bekomme ich die so genannten `Hummeln im Allerwertesten`, werde unruhig und ziehe weiter. Meist wird der Koffer gar nicht erst groß ausgepackt, oder nur das Notwendigste. Zwei Tage später muss ich es ja eh wieder einpacken. Offiziell heißt das Ganze Individualurlaub und findet etwa aller zwei bis drei Jahre im Raum südliches Afrika statt. In diese Weltecke habe ich mich regelrecht verliebt. Auch wenn das vielleicht jemand merkwürdig, gefährlich oder lustig findet. Ja, man kann sich

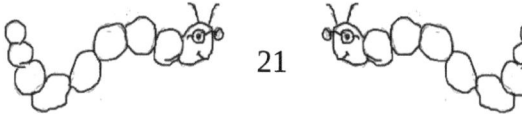

auch in Landschaften und Weltgegenden verlieben. Fragt mich allerdings jemand warum gerade diese Gegend und nicht irgendeine andere, so ist es mitunter schwer auszudrücken. Es nicht dieser oder jener Fakt. Eine ganze Vielzahl von Faktoren spielen dabei eine Rolle, Luft, Sonne, Landschaft, Tiere. Aber noch viel mehr. Es ist ein Gefühl, etwas schwer zu beschreibendes. Je nach Mentalität muss jeder für sich selbst eine Entscheidung treffen, wohin es ihn zieht. Ganz allein herum zu reisen macht allerdings auch mir wenig Spaß. Ich brauche jemanden mit dem ich lachen und meine Erlebnisse teilen kann. Also mache ich schon weit im Vorfeld so etwas Ähnliches wie Eigenwerbung. Das heißt, ich erzähle fremden Leuten Auszüge aus meinen Erlebnissen, mache ihnen so meine Art zu reisen schmackhaft und versuche sie zu überzeugen, mich auf einer solchen Tour zu begleiten. Davon hatte ich ja schon am Anfang erzählt.

Aus eben diesem Grund habe ich auch meine bisherigen Reisen in eine öffentlich zugängliche Form namens Buch gebracht. Immer mehrere meiner Reisetagebücher, sowie zugehörige Fotos und handgestaltete Streckenpläne sind in jeweils einem Werk zusammengefasst und auch als solches veröffentlicht. Auch damit will ich Außenstehenden meine Art zu reisen nahe bringen und sie dafür begeistern. Ich betone auch stets, dass ich in meinen drei

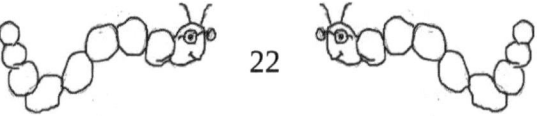

Urlaubswochen weder die Welt verändern, noch großartig in das politische Tagesgeschehen eingreifen will. Was ich will ist Urlaub, Spaß und ein klitzekleines Abenteuer. Dabei muss es nicht immer etwas total Großartiges sein. Es sind die kleinen Ereignisse am Rande der gesamten Tour, die die Würze ausmachen. Nicht immer in chronologisch exakter Abfolge, aber erinnernswert.

Ein Windstoß! Er reißt mich aus meinen Gedanken. Denn noch immer stehe ich am offenen Fenster. Mich fröstelt leicht . Ich gehe hinein.

Neuer Tag – ich komme!

Die Rückstoßente

Gerade fliegt schreiend ein Schwarm Enten vorbei. Sie erinnern mich an die Geschichte mit der Rückstoßente. Erzählt hat sie uns einer unserer Gastgeber auf einer Gästefarm. Ich glaube wir saßen gerade am Kaffeetisch und bissen in ein Stück selbst gebackenen Kuchen als, wie gerade eben, eine Schar Enten laut schnatternd über uns hinwegflog. Wir schauten hinauf und fragten interessiert, was das denn für Enten wären. Da unser Gastgeber ein rechter Spaßvogel war, meinte er ganz trocken: „Das sind Rückstoßenten". Von einer solchen Entenart hatten wir noch nie etwas gehört. Fragend blickten wir ihn

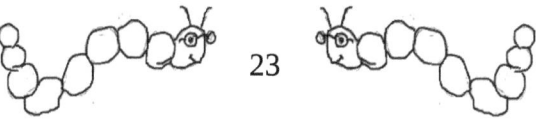

an. Er bemerkte unsere fragenden Blicke, grinste leicht und bequemte sich im Tonfall eines dozierenden Professors zu folgender Erklärung:

*In der heutigen Zeit ist sehr oft davon zu hören oder zu lesen, dass auf Grund der Klimaveränderungen viele Tierarten von unserer Erde verschwinden. Sie sterben aus, weil sie sich den veränderten Umweltbedingungen einfach nicht anpassen können. Aber es ist auch vom Auffinden scheinbar ausgestorbener Tierarten die Rede. Nun ist mir leider nicht bekannt, ob die Rückstoßente eine wieder aufgefundene ausgestorbene Tierart ist, oder ob sie sich evolutionär weiter entwickelt hat und nur scheinbar eine neue Tierart ist. Das heraus zu finden, überlasse ich den Zoologen. Doch auch der einfache Mensch wie du und ich sind mitunter an solchen Fragen interessiert. Vor allem fragt sich der geneigte Zuhörer: Was ist das für ein Tier? Nie davon gehört! Für alle die, denen es eben so geht, will ich versuchen darauf ein wenig näher ein zu gehen. Beginnen wir damit, dass mir diese Tierart ebenfalls das erste Mal hier im afrikanischen Luftraum begegnet ist. Nein, ich bin nicht geflogen, falls jetzt jemand auf diese seltsame Idee kommen sollte. Ich saß, ebenso wie ihr jetzt, auf einem gewöhnlichen Korbsessel am Lagerfeuer und unterhielt mich angeregt mit den anderen anwesenden Personen. Dabei hörten wir das laute und deutliche **Ga ga ga** von über unseren Köpfen*

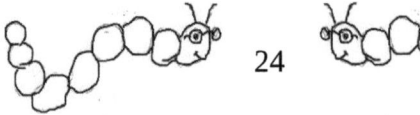

fliegenden Tieren. Neugierig blickte ich nach oben. Da ich aber, genau wie ihr heute, nicht genau erkennen konnte, was da flog, fragte ich unseren damaligen Gastgeber danach. Der schien sich in Fragen Ornithologie recht gut auszukennen. Ohne zu zögern antwortete er: „Das sind Rückstoßenten." Da auch ich bis zu diesem Zeitpunkt keine Ahnung hatte, was das war, wollte ich es genauer wissen.

Er begann mit der Anatomie der Ente. Diese unterscheidet sich rein äußerlich nicht von den uns allen bekannten einheimischen Entenvögeln, bis auf eine winzige Kleinigkeit. - einen beweglichen Bürzel- Das ist die äußerste Spitze des Vogelkörpers am hinteren Ende. Der sei ganz besonders wichtig für die Rückstoßente, erklärte unser Gastgeber. Die Flügel seien bei diesem Ententyp zwar auch noch in voller Größe vorhanden, aber eigentlich nur noch ein Relikt, welches diese Ente nicht mehr wirklich braucht. Es sei nur eine alte angeborene Gewohnheit diese noch hin und her zu bewegen, manchmal aber nützlich für die Segelphase. Langsam wusste ich gar nicht mehr, was ich davon halten sollte. Er aber fuhr unbeirrt mit seiner Erklärung fort. Dabei demonstrierte er auch manche Abschnitte seiner Erklärung mit Handbewegungen. „Ihr wisst doch ", sagte er an die ganze Tischgesellschaft gewandt „ dass Enten vorn am Kopf einen Schnabel haben." Hm, so weit war uns das klar. „Also

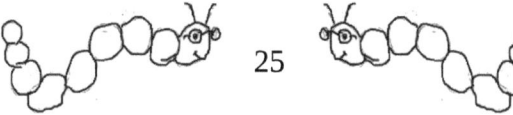

dieser Schnabel hat bei der Rückstoßente eine ganz wichtige Funktion. Aber fangen wir mal mit der Startphase an. Hier braucht die Ente wirklich noch ihre Flügel, um sich in die Lüfte zu erheben. Dann aber beginnt die Besonderheit. Während des Fluges öffnet die Ente ihren Schnabel ganz weit und lässt die Luft einströmen. Dabei drückt sie die Flügel weit nach unten. So entsteht das erste **ga**. Der Bürzel liegt in diesem Moment fest am Körper an. Nun schließt die Ente ihren Schnabel, die eingeströmte Luft wird im Körper komprimiert und hindurch gepresst. Noch immer ist der Bürzel dabei fest an den Körper angedrückt. Man kann sich das wie den Korken auf einer Flasche vorstellen. Nun wird der Bürzel angehoben und die komprimierte Luft ausgestoßen. Dabei entsteht ein Darmwind, der wie ein zweites **ga** klingt. Der Entenkörper wird durch das Entlassen der komprimierten Luft aus dem Körper raketenartig vorwärts bewegt. Es entsteht der sogenannte Rückstoßeffekt. In dieser Phase werden die Flügel ganz gerade in der Luft gehalten. Das dauert nur Bruchteile von Sekunden. Dann werden die Flügel nach oben gedrückt, um ähnlich wie bei einem Flugzeug eine Segelphase zu durchlaufen. Die Vorwärtsbewegung der Ente wird allein durch die Kraft der ausströmenden Luft, also den Rückstoß, erreicht. Das nächste **ga** leitet dann schon die neue Lufteinsaugphase ein."

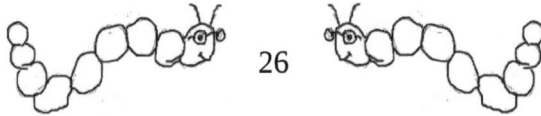

Das war eine gute Erklärung, die wir da erhalten hatten. Und vor allem, wir konnten bildlich nachvollziehen, wie die Flugphase verläuft. Nur eines hatten wir bei all dem nicht so genau beobachtet - sein breites Grinsen. Dabei zog es sich unübersehbar von einem Ohr bis zum anderen. Naja, inzwischen es war Abend und wir waren vom Kuchentisch an ein kleines Lagerfeuer gewechselt. Die beste Zeit um im afrikanischen Busch Geschichten ala Münchhausen zu erzählen. Doch so prägte sich die Rückstoßententheorie bis heute tief in mein Gedächtnis ein. Und nur deshalb konnte ich sie auch so exakt wiedergeben. Ja und nun kennt auch *ihr* die Geschichte der Rückstoßenten. Ich hoffe, dass sie irgendwie weiter getragen wird. Denn dazu sind Geschichten ja da. Erst einmal haben wir jedenfalls herzlich gelacht. Natürlich werde ich mein Wissen über diese erstaunlichen Tiere gern weiter geben. Zum Beispiel hier und heute.

Mein erstes Afrika-Abenteuer

Kommen wir zurück auf meinen ersten Besuch in Südafrika. Wir, also mein Mann, mein Cousin und ich, wohnten im ersten Stock eines kleinen Hotels unweit der Stadt Pietermaritzburg. Mageobaskloof hieß der Ort. Davon hatte ich ja schon gesprochen. Es war alles neu,

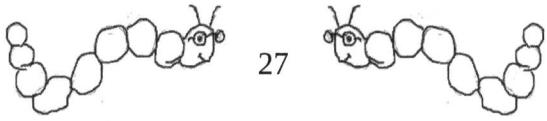

fremd und unheimlich aufregend. Schon auf der mehrstündigen Anfahrt war ich aus dem Staunen nicht heraus gekommen. Am Hotel angekommen, ging es weiter. Gleich im Hof wurden wir von einem einheimischen Hotelboy in Uniform in Empfang genommen. Er trug sogar einen Zylinder! Soetwas sah man sonst nur in alten Filmen. Er brachte uns bis zur Rezeption. Dort erhielten wir unsere Zimmerschlüssel und eine lange Belehrung durch den Portier. Er erzählte uns alles Wichtige über die Zimmerausstattung, Essenszeiten und noch eine ganze Menge mehr. Ich musste meine Ohren und mein Gehirn mächtig anstrengen, um alles zu verstehen. Immerhin sprach er englisch und darin hatte ich, seit ich vor vielen Jahren die Schule verlassen hatte, keine Übung mehr. Dazu die Blütenpracht ringsherum, die mich ablenkte. So passierte es natürlich, dass etliches an meinen Ohren vorbei rauschte.

Der Hotelboy brachte anschließend unsere Koffer auf die Zimmer. Auch er versuchte, uns auf etwas aufmerksam zu machen. Dabei zeigte er auch immer wieder auf die Fenster. Ich aber konnte nichts mehr aufnehmen. Dazu war ich einfach zu kaputt und überladen mit Eindrücken. Deshalb nickte ich nur zu seinen Worten, so als ob ich ihn verstanden hätte. Als er gegangen war, ging ich zum Fenster, um herauszubekommen, was er wohl gemeint haben könnte. Vor dem

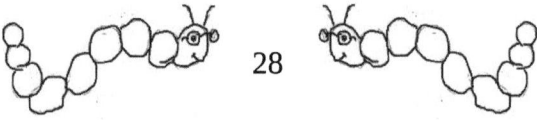

Fenster zog sich ein Baugerüst entlang. Aha, da hatte er wohl das gemeint! Dachte ich so bei mir, kippte das Fenster an und verließ das Zimmer in Richtung Garten. Dort hatte ich nämlich einen Pool entdeckt.

Also wurde als erstes der Badeanzug ausgepackt und gleich angezogen. Dann nichts wie hinunter zum Pool. Der Pool war nicht allzu groß. Doch es tat gut, ein paar Züge darin zu schwimmen. Es erfrischte und entspannte. Dass das Hotelpersonal entsetzt guckte, bekam ich erst gar nicht mit. Immerhin war März! Also ein Frühherbst-Monat in Afrika. Doch das ist eine Extrageschichte! Nach dem, für mich erfrischenden, Bad wurde ich jedenfalls schneller als ich gucken konnte in ein riesiges Handtuch gewickelt. Für afrikanische Verhältnisse galt der Pool nämlich als *viel zu kalt.*

Danach saßen wir noch eine Weile im Garten an einem kleinen Tischchen und gönnten uns ein Bier. Ich glaube es war AMSTEL. Eine holländische Sorte, die uns als schmackhaft empfohlen worden war. Zufällig schweifte mein Blick dabei entlang des Gerüstes, weil ich unser Zimmer suchen wollte. Plötzlich hörte ich einen Schrei. Kurz darauf sah ich einen großen Schatten auf dem Gerüst entlang rennen. Ehe ich erkennen konnte, wer oder was das war, war er weg.

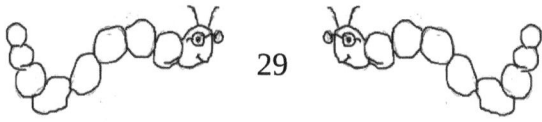

Beim Abendbrot erfuhren wir dann, dass es ein Affe, genauer gesagt ein Pavian, gewesen war, der sich da Zutritt zu einem Zimmer verschaffen wollte. Dabei war er von den Bewohnern überrascht und verjagt worden. Er hatte es auf den großen Obstteller, der in jedem Zimmer stand, abgesehen. Na, da hatten wir ja Glück, das ich das Fenster nur angekippt hatte! Durch diesen Spalt hatte er sich nicht hineinzwängen können. Deshalb hatte er eines der Nachbarzimmer `besucht`. Nach dem Abendbrot zogen wir uns bald in unsere Betten zurück und schliefen tief und fest. Zuvor hatte ich aber noch, wie ich es von zu Hause gewöhnt war, das Fenster geöffnet, um ausreichend frische Luft herein zu lassen. An das Gerüst dachte ich dabei mit keiner Silbe mehr. Wegen der zu erwartenden Morgensonne hatte ich aber die schweren Vorhänge davor gezogen. Als ich am Morgen erfrischt und ausgeruht erwachte, bedeutete mein Mann mir, leise zu sein. Verständnislos blickte ich ihn an. Er aber legte nur den Finger auf den Mund und deutete in Richtung Vorhang. Da bewegte sich etwas. Aber ich verstand noch immer nicht, verschlafen wie ich noch war. Nach einer ganzen Weile, der Vorhang stand nun still, fragte er, ob ich nichts bemerkt hätte. Nein, hatte ich nicht. Grinsend meinte er „ Der Pavian, der gestern unsere Nachbarn besucht hatte, wollte heute zu uns.“ Ich nahm an, er hätte sich im Vorhang verheddert und wäre

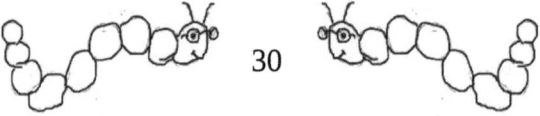

nicht herein gekommen. Mein Göttergatte aber meinte, er wäre sehr wohl drin gewesen, hätte aber nichts interessantes gefunden. Unsere Obstschale war nämlich noch am Abend im Kühlschrank einquartiert worden. - sicherheitshalber- und damit es nicht verdirbt! Na, da hatten wir ja noch mal Glück gehabt. Wahrscheinlich hatte er das offene Fenster bemerkt und den Duft des Obstes gerochen, der noch in der Luft hing. Deshalb wollte sich sein Frühstück bei uns abholen. Vom Kühlschrank wusste der Affe zu unserem Glück aber nicht. Er hätte ja auch wütend im Zimmer herum toben und randalieren können, weil er das Gewünschte nicht fand. Er aber hat es zu unserem Glück vorgezogen, auf leisen Sohlen wieder zu verschwinden. Deshalb hatte ich auch nur noch die wackelnde Gardine gesehen. Interessant übrigens, wie geschickt und lernfähig diese Tiere sind.

Natürlich habe ich die Story gleich beim Frühstück zum Besten gegeben. Vor Aufregung platzte ich ja beinahe vor Mitteilungsbedürfnis. Schließlich war es mein erstes Afrika-Abenteuer. Mein Cousin dagegen schlug die Hände über dem Kopf zusammen: „ Ja, hast du denn gestern an der Rezeption nicht zugehört? Sie haben doch bei der Anmeldung gesagt, dass sie hier ein Affenproblem haben! Deshalb sollten wir doch auch die Fenster geschlossen halten. Gestern hattest du Glück, weil es angekippt war.

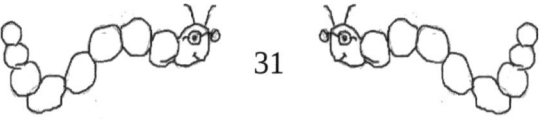

Deshalb hat es der Pavian heute noch mal versucht. Diese Tiere können sehr hartnäckig sein, wenn sie etwas wollen. Sei froh, dass er nicht mit gefletschten Zähnen vor deinem Bett gestanden hat, weil er nicht bekommen hat, was er wollte!" Ja, das war ich dann auch. Da hatte ich gestern doch glatt etwas so Wichtiges nicht mitbekommen. Der Schatten am Vorabend war also auch schon der Pavian gewesen. Ich nahm mir vor, im Verlauf der Reise besser auf solche Dinge zu achten. Das tue ich übrigens bis heute. Besonders misstrauisch bin ich bei sehr zutraulichen Affen, je niedlicher sie gucken, umso mehr sollte man sie im Auge behalten.

Die Extra- Geschichte mit dem Pool ist übrigens schnell erzählt. Am Besten beginne ich damit, dass wir ja Anfang März in Mageobaskloof waren. Das ist dort bereits früher Herbst. Für dortige Verhältnisse ist es um diese Jahreszeit mit knapp 20°C schon recht kühl. Deshalb würde auch kein Einheimischer bei diesen Temperaturen in einen Pool steigen. Noch dazu wenn dieser um weitere zwei bis drei Grad kälter als die Außentemperatur ist. Das gesamte Personal war deshalb wegen meiner Badeaktion in heller Aufregung. Es bestand ja die Gefahr, dass ich mich verkühlen und erkälten könnte. Keiner konnte so recht verstehen, das es für mich ein erfrischender Badespaß war. Deshalb konnte ich gar nicht so schnell aus dem Pool steigen, wie mir auch

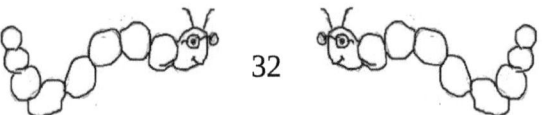

schon ein riesiges Handtuch und eine Decke um geschlungen wurden. Dabei hätte nach meiner Meinung das Handtuch völlig ausgereicht. Der Vorteil des Ganzen war allerdings, dass ich mein erstes Getränk nach dem Bad auf Kosten des Hauses genießen durfte. Damit ich mich schnell wieder erwärme! Doch erst einmal genug von Mageobaskloof erzählt. Dort gibt es zwar auch noch eine tiefe Schlucht zum Wandern, einen schönen Garten und manches mehr zum Staunen für Afrika-Neulinge. Doch dieses Land hat ja noch so viel mehr zu bieten. Am Erstaunlichsten finde ich, auch heute noch, die Vielfalt der Landschaften und Tiere.

Afrikanisches Wetter

Die Temperaturen sind so vielfältig wie der Kontinent selbst. Wenn man zu Hause von Afrika spricht, haben alle nur Hitze und Trockenheit als erste Synonyme im Kopf. Dabei stimmt das so gar nicht. Afrika ist ja so riesengroß. Klar, es gibt solche Gegenden, aber auch andere mit reichlich Wasser. Und sogar Ecken, an denen Schnee und Eis auftreten können, habe ich erlebt. Ich war zwar bisher überwiegend in Namibia und Südafrika. Aber selbst dort gibt es diese extremen Unterschiede, abhängig von Gebiet und Jahreszeit.

Da wir gerade beim Thema Wetter und Jahreszeiten sind, wir haben in Südafrika auch frisch gefallenen Schnee und Eis erlebt.

Es war im Juli 2008 in der Großen Karoo, am Fuße der Swartberge. Eines der Fenster unserer Unterkunft ermöglichte den Blick in Richtung Berge. Da wir früh immer als erstes aus dem Fenster blickten, um für uns zu klären, was wir anziehen, glaubten wir noch zu träumen. Die Berghänge waren weiß überzogen. Bis zu diesem Zeitpunkt, hatte ich so etwas in diesem Gebiet für unmöglich gehalten. Doch wie geht der schöne Spruch? : „ Sag niemals nie!". Den konnte ich jetzt auch hier anwenden. Da war also über Nacht Schnee gefallen. Ein für uns erstaunlicher Anblick. Na gut, mussten wir also eine Jacke überziehen für den Weg zum Haupthaus, wo uns das Frühstück erwartete.

Doch erst einmal galt es dorthin zu gelangen. Der erste Schritt aus der Haustür unseres Bungalows endete prompt auf dem Hinterteil. Wir konstatierten schmerzhaft: Auch die Stufen sind mit Eis überzogen! Langsam, häufig die lädierte Kehrseite reibend, schlichen wir zum Frühstück. An der Tür erwartete uns der Hausherr, der natürlich unseren Start live beobachtet hatte. Und da Schadenfreude nun mal die schönste Freude ist, kam zu unserem Schmerz nun auch noch eine gehörige Portion Spott dazu. Na ja, so richtig übel nehmen konnten

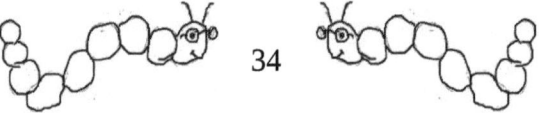

wir es ihm nicht. Wir hatten ja den Schnee gesehen, hätten also auch mit Eis rechnen können. Beim Frühstück lachten wir dann schon wieder gemeinsam über unser Missgeschick. Und was soll ich erzählen, gegen zehn Uhr war der ganze Spuk vorbei. Eis und Schnee waren geschmolzen und die Sonne auf dem Vormarsch. Wir konnten wie gewohnt im T-Shirt auf Abenteuertour gehen. Was uns schon wieder merkwürdige Blicke der Einheimischen einbrachte, denn für diese war Winter. Sie trugen dicke Pullover und Wollmützen, wir kurzärmlige T-Shirts. Ein total krasser Gegensatz für alle Beteiligten.

Oryx -Anatomie

Frei nach dem Motto „ Reisen bildet", habe ich auf meinen Reisen auch so mancherlei dazu gelernt. Nicht nur was Wetter, Temperaturen und die unterschiedliche Beurteilung davon angeht. Auch im Bereich Tierwelt lernte ich erstaunliches.

Wir saßen zum Beispiel gerade zu Tisch und waren in eine Unterhaltung um die Themen Verpflegung, Abendessen und Fleisch vertieft, als einer der Farmarbeiter unser Gespräch unterbrach. Er teilte seinem Chef, unserem Gastgeber, mit, dass sie eine Oryx geschossen hätten. Eine Oryx ist eine große Antilope mit spitzen geraden Hörnern. Sie leben unter anderem in Namibia. Wo wir uns zu diesem Zeitpunkt

gerade aufhielten. Auf unseren Safaries hatten wir sie auch schon gesehen. Sehr eindrucksvolle, große Tiere!

Nun ist es so, dass die Farmbesitzer für den Eigenbedarf auf ihrem Gelände Wild erlegen dürfen. Dafür benötigen sie keine Jagdgenehmigung oder ähnliches. Sie gehören faktisch dem Farmbesitzer. Meist geschieht ein solcher Abschuß für die Versorgung ihrer Arbeiter, aber auch für die Familie und Gäste. Da hatten sie also so einen Oryx erlegt. Nun lag er irgendwo draußen im Gelände und musste doch herein. Da er, ähnlich wie das auch bei unserem Wild manchmal der Fall ist, noch ein Stück weggelaufen war, stand nicht genau fest, wo er lag. Es war eine Suchaktion nötig. „Wer hat Lust, mit zur Suche hinaus zu fahren?" rief unser Gastgeber in die versammelte Tischgesellschaft. Mein Mann und noch einer der Herren sprangen interessiert auf. „Nun, dann ab auf den Jeep!" war die Antwort. Behände kletterten die Herren auf die Ladefläche zu den Arbeitern. Zu Fünft hockten sie auf dem Blechboden und los ging die wilde Fahrt. Es dauerte keine halbe Stunde und der Tross inklusive Oryx war zurück. Unsere Männer berichteten, was für Adleraugen die Arbeiter hätten. Sie selbst hätten das Tier im hohen Gras vermutlich übersehen, die Arbeiter hatten ihn sofort entdeckt. Nun wurde die Antilope auf einer Betonfläche hinter dem Haus von der Ladefläche

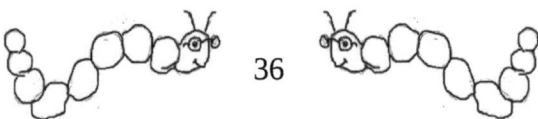

herunter befördert. Das war der Platz an welchem sie verarbeitet werden sollte. An einem Seil wurde sie kopfüber nach oben gezogen. Jetzt begann das Zerlegen in portionsgerechte Fleischstücke. Einiges sollte als Vorrat eingefroren werden. Den Kopf, die Innereien und die Füße gingen als Sofortprämie an die Arbeiter. Das war auf dieser Farm so üblich. Wir Gäste durften uns einen Teil aussuchen, der zum Abendbrot auf unserem Teller liegen sollte. Wir entschieden uns für Zunge und Leber. Also Teile, die eigentlich den Arbeitern gehörten. Aber sie gaben sie uns dank afrikanischer Gastfreundschaft gern. Mich interessierte der Vorgang des Zerlegens. Also fragte, ob ich dabei zusehen dürfte. Sie waren zwar etwas verblüfft, weil das bisher vermutlich noch keiner gefragt hatte. Sie wollten nur wissen, ob mir beim Anblick von Blut und Eingeweiden nicht schlecht werden würde. Als ich das verneinte, war alles geklärt. Ich stellte mich etwas seitlich, um bei der Arbeit nicht im Wege zu sein. Drei Arbeiter waren mit dem Tier beschäftigt. Jeder von ihnen hatte ein kleines Messer mit einer zirka 10 cm langen Klinge. Damit waren sie dabei die Oryx aus der Decke zu schlagen. Das ging erstaunlich schnell. Nach nicht einmal zehn Minuten war das Tier nackig. Dann war das Innenleben an der Reihe. Zuerst wurde der Magen entnommen. Dabei passierte etwas, was mich als echten Stadtmenschen total verblüffte. Der Magen blähte

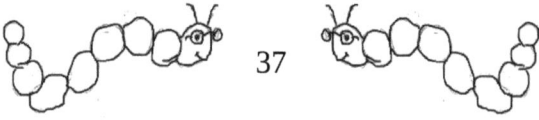

37

sich auf wie ein Ballon. Wer vom Lande stammt, wird sicher wissen, was da passierte. Die Verdauungsgase, die sich im Magen befanden, sorgten für dessen Ausdehnung. Oryx sind nämlich, ebenso wie Kühe, Wiederkäuer. Tja, so ist das eben mit einem dummen Stadtmenschlein wie mir. Das hat keine Ahnung von dererlei tierischen Befindlichkeiten. Doch das war nicht das Einzige, was mich bei der Fleischportionierung zum Staunen brachte. Ich hatte ja schon erwähnt, dass der Kopf den Arbeitern gehörte. Da sie ihn im Anschluss gleich mit zu ihren Familien nehmen wollten, hatten sie ihn an die seitliche Wand gestellt. Neugierig wie ich war, wollte ich ihn mir genauer betrachten. Dabei fiel mir auf, dass das Tier ja oben gar keine Zähne, sondern eine Kauleiste hat. Ja ja, lacht nur über mich! Ich hatte auch in Deutschland noch nie einem Schaf oder einer Kuh genau ins Maul geschaut! Woher sollte ich also wissen, was die Tierwelt so alles hervor bringt? Zum Schluss befasste ich mich mit den Hörnern. Die waren fast einem Meter lang und ganz gerade. Die musste ich einfach anfassen! Verflixt, die waren ja nadelspitz! Was die Natur doch so alles Wunderbares erfindet. Es ist immer wieder erstaunlich. Das musste ich gleich in meinem Reisetagebuch vermerken. Während ich so guckte, alles anfasste und staunte, waren die Arbeiter schon fertig

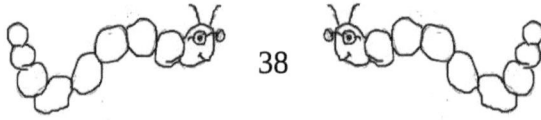

geworden. Es hatte insgesamt nicht einmal eine halbe Stunde gedauert die gesamte Oryx in portionsgerechte Stücke zu zerlegen.

Ausflug in die Höhlen

Dass es in Südafrika auch Höhlen gibt, hatte ich zwar in einem Fernsehbeitrag gesehen, aber nicht gedacht, selbst mal eine besuchen zu können.

Wir waren in der Großen Karoo, einer ganz speziellen Landschaftsform in Südafrika. Sie liegt östlich von Kapstadt in mitten der Drakensberge. Ich hatte gehört, dass es dort eine Besucherhöhle geben soll. Diese wollten wir natürlich besichtigen. Für den geplanten Besuch der Höhlen, hatten wir uns sicherheitshalber Jacken mitgenommen. Wie ich aus den europäischen Höhlen wusste, war es darin immer so um die 4°C, Also recht kalt. Afrika und Höhlen – das klang spannend. Und hier in der Karoo sollte eine solche sein. Wie ich später erfuhr gab es hier sogar sehr viele Höhlen. Aber die meisten waren entweder völlig unzugänglich oder nur für Höhlenforscher. Eine davon hieß **Cango-Caves.** Sie ist bereits seit vielen Jahren touristisch gut erschlossen und liegen wenige Kilometer nördlich von Oudtshoorn. Bei dem Gestein handelt es sich Kalkstein, mit ganz

tollen Tropfstein-Formationen. Unser Führer meinte, es wären die schönsten der Welt. Na ja, ich kenne nicht alle Höhlen der Welt, aber diese hier ist wirklich sehenswert. Von dem ganzen bekannten Höhlensystem ist allerdings nur ein Teil für Besucher zugänglich, alles andere ist Höhlenforschern und Spezialisten vorbehalten. Der unzugängliche Teil birgt zu viele Gefahren für Laien. Auch der touristische Teil hat es in sich. Es gibt dort zwei Haupttouren. Die eine ist die Standard-Tour, die andere die so genannte Abenteuertour. Und dann soll es für kleine Gruppen mit Höhlenerfahrung noch Sondertouren geben, wenn ich das richtig verstanden habe. Damit man weiß, worauf man sich ein lässt, sind im Eingangsbereich große Darstellungen der Höhlenstrecken angebracht. Die Standard-Tour ist zwar etwas kürzer als die Abenteuertour, aber eben weniger gefährlich. Bei der Abenteuertour gibt es laut Darstellung einige sehr enge Stellen und auch extrem niedrige Decken. So wie das dargestellt ist, würde ich da sicher stecken bleiben. Außerdem mag ich keine zu engen und niedrigen Räume. Kurz gesagt, die Standard-Tour ist genau richtig für mich. Ich erinnere mich noch ganz genau, wie es bei meinem ersten Besuch hier war:

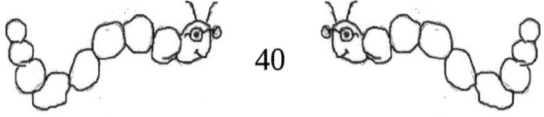

In der Höhle

Wir hatten die Standard-Tour gewählt. Als eine Gruppe von etwa 10 bid 15 Leute zusammen war, ging es los. Voran unser Guide, der uns wegen der Feuchtigkeit extra zur Vorsicht ermahnte. Vom Eingang her durchschritten wir einen langen, schräg nach unten führenden, Gang. Er war extra für Touristen in den Fels gehauen worden. Eng war es, wie ein Tunnel, mit kleinen elektrischen Lampen an der Wand und feucht, mit einem Untergrund auf dem man leicht ausrutschen konnte. Gut, dass uns der Guide vorgewarnt hatte! Keine zwei Leute konnten nebeneinander gehen, ohne sich gegenseitig anzustupsen. So zog sich unsere die Tour-Gruppe wie ein langer Wurm dahin. Es ging immer nur vorwärts, ein zurück war unmöglich. Am Ende des Tunnels ein paar Stufen. Nach dem wir diese hinabgestiegen waren, standen wir plötzlich in einer riesigen Höhle voller Tropfsteine. Diese waren von unten angeleuchtet und sahen wunderschön aus. Unser Führer ermunterte uns, weiter in den Raum hinein zu gehen und uns umzusehen. Staunend folgten wir seinen Anweisungen. Schnell hatte sich die Gruppe in dem großen Gelände verteilt. Auch ich bewunderte gerade eine Tropfsteinformation, die ich besonders schön fand. Da geschah es.

Ein kurzer klickender Laut und es war stockfinster. Ein leiser Aufschrei aus vielen Kehlen ertönte. Durch die Akustik der Höhle wurde dieser gewaltig verstärkt. Es klang wie an der Stelle wo im Krimi der Mord passiert, nur durchdringender. Wie erstarrt blieb ich auf der Stelle stehen. Mein Herz schlug bis zum Hals. Dann wurde es ganz still. Jetzt war der Atem jedes einzelnen aus der Gruppe zu vernehmen. Plötzlich ein leises **mäh mäh**. Es klang wie ein kleines Schaf. Doch wo sollte hier ein Schaf her kommen? Auf ein Mal begann ganz hinten in einer Ecke ein einzelnes rötliches Licht zu glimmen. Winzig war es und sehr fern. War dort die Treppe mit dem Tunnel durch welchen wir herein gekommen waren? Aber es schien weit oben zu sein. Möglicherweise eine optische Täuschung durch die herrschende Finsternis. Trotzdem zog es mich dort hin. Da auch hier in der großen Höhle der Untergrund feucht, rutschig und sehr uneben war, tastete ich mich vorsichtig Schritt für Schritt in Richtung auf das Licht zu. Ich stieß gegen etwas Großes, Warmes. Das gab einen Schrei von sich. Aha, da war ich an ein anderes Mitglied der Gruppe gestoßen. Eine Frau, wie mir schien. Auch sie strebte zu dem kleinen roten Licht. Die Hände vorgestreckt, tastete ich mich weiter. Ich weiß nicht wie lange ich so tastend und einen Fuß vor den anderen

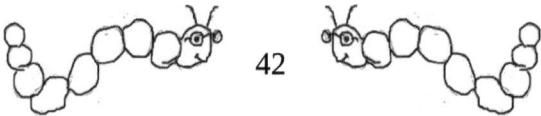

schiebend durch die Höhle geirrt bin. Mir kam es wie eine halbe Ewigkeit vor.

Auf ein Mal flammte das Licht wieder auf. Erstaunt bemerkte ich, dass ich mich nur wenige Meter vorwärts bewegt hatte. Den anderen erging es wohl ebenso. Auch sie sahen sich erstaunt und geblendet von dem plötzlichen Licht um. Am Lichtschalter aber stand unser Führer und grinste uns an. Nach dem sich alle wieder an das Licht gewöhnt hatten, erklärte er uns den Sinn dieser Aktion:

Damit sollte uns die Situation nahe gebracht werden, die bei der Entdeckung der Höhle herrschte. Die Sache war so, dass ein Hirtenjunge die Höhle entdeckte. Oder besser wieder entdeckte. Sie war schon in der Steinzeit von einer Sippe damals lebender Frühmenschen bewohnt gewesen. Diesen bot die Höhle Schutz, Wärme und Sicherheit. Hier brannte ihr Feuer. Hier wurde gewohnt, gearbeitet, geliebt und die Kinder aufgezogen. Irgendwann verließen sie die sichere Höhle. Der Grund dafür ist unbekannt. Die Höhle geriet in Vergessenheit. Bis eines Tages zu der Zeit als die Menschen schon sesshaft waren und Vieh züchteten. Und ein kleiner Hirtenjunge auf der Suche nach einem vermissten Schäfchen diese Höhle wieder fand. Das Schäfchen war durch einen Felsspalt hinein gefallen. Da er Junge natürlich Strafe befürchtete, wenn er ohne das Tier nach Hause

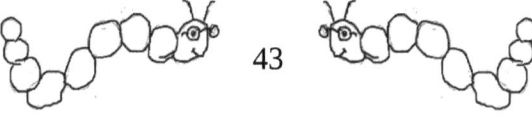

käme, kletterte er in die Spalte hinein und gelangte so in diesen Hohlraum. Natürlich war es darin so stockfinster wie in der Demonstration, die wir erlebt hatten. Der Junge holte sich also einen brennenden Ast, um die Höhle zu beleuchten, fand sein Schaf und konnte es wieder mit nach Hause nehmen. Dort hat er natürlich von seinem Höhlenabenteuer erzählt. Die Dorfältesten kamen, untersuchten die Höhle und befanden sie für nützlich . Deshalb legten sie auch einen ersten gangbaren Weg hinein an. Der Junge war zuvor über eine Tropfsteinwand, die schräg hinein reichte, hinunter gelangt. Von da an nutzten die Dorfbewohner die Höhle wieder als Rückzugsort in schlechten Zeiten. Hierher konnten sie sich und ihr Vieh in Sicherheit bringen. Die Höhle war ja groß genug und durch den schmalen Eingang auch gut zu verteidigen. Ja richtig, ich sagte **wieder.** Und zwar deshalb, weil dieselbe Höhle ja bereits Jahrhunderte zuvor von steinzeitlichen Frühmenschen genutzt, dann aber wieder vergessen worden war. Vergessen bis eben jener Hirtenjunge auf der Suche nach dem Schäfchen sie wieder entdeckte.

Woher unser Führer das alles wusste? Nun, es hat viele archäologische Funde gegeben, aus denen man das deuten konnte. Doch noch ist längst nicht das gesamte Höhlensystem erforscht. Sicher wird noch so

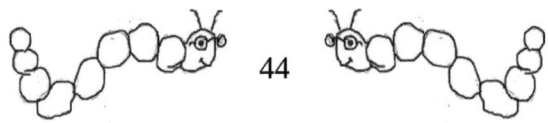

manches interessante Detail ans Tageslicht gebracht werden. Aber einen kleinen Einblick hätten wir ja nun erhalten.

Inzwischen habe ich die Höhlen schon mehrere Male besucht und jedes Mal Veränderungen festgestellt, sowohl in der Art der Führungen als auch in der kommerziellen Nutzung der Höhle.. Die deutlichste Veränderung ist, dass in der großen Halle keine Konzerte mehr durchgeführt werden. Die Akustik ist zwar nach wie vor ganz toll, aber durch die Schall-Vibrationen traten Risse in den Tropfsteinen auf , die zu einer Gefahr für die Konzertbesucher und die Natur der Höhle wurden. Aus dem gleichen Grund werden auch die „Afrikanischen Trommeln", eine wellenförmige Tropfsteinformation, nicht mehr angeschlagen. Sie gaben besagten Trommeln ähnliche Töne von sich, wenn sie mit einem leichten Gummihammer angeschlagen wurden. Wir hatten bei meinem ersten Besuch sogar einen Führer, der dazu wunderschön sang. Doch das ist wie gesagt Vergangenheit. Heute wird großen Wert auf den Erhalt dieser Naturformation gelegt. Und all diese angeführten Maßnahmen dienen eben diesem Schutz der Höhle. Schließlich wollen auch noch viele Menschen nach uns diese Naturwunder betrachten können. Und noch

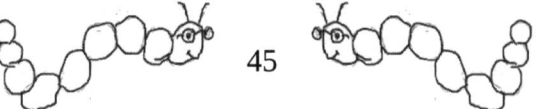

eine weitere notwendige Maßnahme wurde in den letzten Jahren veranlasst. Die Anzahl der Besucher wurde durch veränderte Öffnungszeiten und kleinere Gruppengrößen begrenzt. Es zeigte sich nämlich eine weitere zerstörerische Erscheinung. Auf den Tropfsteinen bildete sich durch die veränderte Temperatur und die erhöhte Luftfeuchtigkeit ein grünlicher Algenbelag. Entfernte man diesen mit chemischen Mitteln, so zerstörte man unwillkürlich einen Teil des Tropfsteins. Das aber sollte ja gerade verhindert werden.

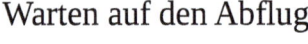
Warten auf den Abflug

Die erlegte Oryx wird zum

Farmhaus gebracht.

Abstieg in die Cango-Caves

 46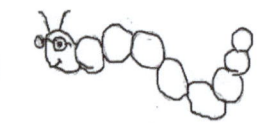

Doch zurück an die Erdoberfläche. In der Karoo gibt es noch viele andere Schönheiten zu entdecken.

Der Wasserfall

Da gibt es zum Beispiel einen Wasserfall unweit der Höhlen. Der heißt **Rust en Vrede**. Da ich Wasserfälle liebe, wollte ich mir auch diesen unbedingt anschauen. Am frühen Morgen, kurz nach Sonnenaufgang fuhren wir los. Unser Gastgeber hatte gemeint, dass es um diese zeit dort am Schönsten wäre. Na, da hatte ich mich ja auf etwas eingelassen! In der Annahme, der Wasserfall befinde sich gleich unweit der Straße, bogen wir auf dem ausgeschilderten Weg ab. Der führte uns auch bis zu einem Parkplatz. Gut, hier ist also ein Abstellplatz für das Auto. Den restlichen, vermeintlich kurzen, Weg musste man also zu Fuß zurücklegen. Klar, bis an den Wasserfall heran konnten wir nirgends fahren. Der Weg war recht gut ausgeschildert. Also starteten wir frohen Mutes. Er führte uns in Richtung Berg. Genau, das Wasser musste ja von oben herunter fallen, sonst wäre es kein Wasserfall. Wir wanderten immer neben dem Bett des Flusses, den der Wasserfall speiste, entlang. Der Weg wurde immer länger, steiler und steiniger. Da es am Vorabend etwas geregnet hatte, war der Boden leicht rutschig und die moosbewachsenen Steine

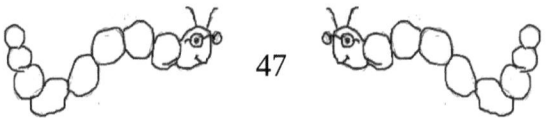

darauf glatt. Glücklicherweise hatten wir alle festes Schuhwerk angezogen. Doch der Weg wollte kein Ende nehmen. Ich befürchtete schon, wir hätten uns verlaufen. Wären an irgendeiner Stelle, wo sich mehrere Wege gekreuzt hatten, falsch abgebogen, hätten einen Wegweiser übersehen. Doch dann entdeckten wir etwas technisches im Flusslauf. An einer kleinen Staustufe befand sich ein Häuschen, von dem aus ein dickes Rohr talwärts lief. Daran hing ein Schild, auf dem wir den Sinn dieser Anlage ablesen konnten. Ein Teil des Flusses wurde hier abgezweigt, um als Trinkwasser für Oudtshoorn und Umgebung zu dienen. Es war also sehr reines Wasser, welches durch keinerlei menschliche Beeinflussung getrübt war.

Doch den Wasserfall hatten wir immer noch nicht erreicht. Immer mehr waren die Steine jetzt mit nassem Moos überzogen, was sie nicht gerade trittfester machte. Hier war wohl lange keiner mehr entlang spaziert! Ich kam mir schon fast wie eine Mischung aus Gämse und Kletteraffe vor, so wie wir uns über die Steine fortbewegten. Und der Weg schien immer noch kein Ende zu nehmen.

Langsam verfluchte ich meine Schnapsidee den Wasserfall sehen zu wollen. Meine Begleiter aber, die von solchen Gedanken nichts ahnten, hatten ihren Spaß an der Strecke. Nur gut, dass wenigstens jemand Freude daran fand. Doch bereits kurze Zeit später hatten wir

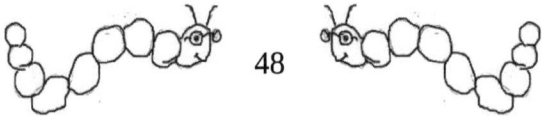

es dann endlich geschafft. Kaum zu glauben, dass zwischen Staustufe und Wasserfall nur etwa 100 m liegen sollten. Durch die vielen Kurven und Steigungen war es mir viel mehr vorgekommen. Aber ich musste ehrlich zugeben, der Weg hatte sich gelohnt. In eine enge, dicht bewaldeten Bergschlucht ergoss sich ein doppelter Wasserfall von bestimmt 80m Höhe. Wir standen am Fuß des Wasserfalls, an einem fast runden Wasserbecken und schauten hinauf. Das Wasser war glasklar, rein und trinkbar. Ich habe es selbst ausprobiert! Von dem Aufstieg war ich nämlich erhitzt und durstig. Da verlockte es geradezu zu einer Kostprobe. An irgendwelche negativen Folge dachte ich überhaupt nicht. Hinterher erst fiel mir ein, dass es ja sonst kaum zur Trinkwassernutzung für eine ganze Stadt verwendet werden würde. Außerdem war es ein malerischer Anblick wie die Morgensonne ihre Strahlen durch die Bäume in die Schlucht hinab schickte, dabei den Wasserfall sanft streifte und uns mit einem aus Gischt und Sonne geformten Regenbogen belohnte. Ja und dann..

Halt mal .. Also wo war ich? Richtig, Südafrika, Karoo, Oudtshoorn, Wasserfall. Ja, und dann fing irgendein Vogel an zu kreischen und verdarb die himmlische Ruhe des Ortes. Zum Glück gibt es noch kein Foto mit Geräuschzusatz. Sonst wären zu Hause alle beim Bilder angucken furchtbar erschrocken. Wir machten uns nach dem

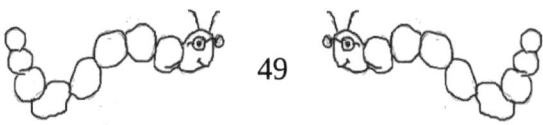

Wassertest und vielen Fotos wieder auf den Rückweg zum Auto. In Oudtshoorn gab es ja noch mehr zu entdecken.

Hauptstadt der Strauße

Oudtshoorn ist die Gebietshauptstadt der Karoo. Sie wird auch „Hauptstadt der Strauße" genannt. Warum? Ganz einfach deshalb, weil hier der überwiegende Anteil der südafrikanischen Strauße gezüchtet wird. Straußenzucht ist mehr als nur ein notwendiger Broterwerb. Es war zeitweilig eine richtige Goldquelle. Damals reichte der Fang der wild lebenden Tiere nicht mehr. Es gab einen regelrechten „Straußenboom". Das waren die Jahre vom Beginn des zwanzigsten Jahrhunderts bis etwa in die zwanziger Jahre. Straußenfedern waren im Europa dieser Zeit sehr gefragt. Ich erinnere nur an die beliebten Straußenfeder-Boa oder an Staubwedel aus Straußenfedern. Hatte ich in alten Filmen gesehen. Auch meine Oma erzählte davon. Dazu wurden viele Federn gebraucht. Wofür viele Tiere ihr Leben lassen mussten. Doch diese Epoche ist zum Glück vorbei. Heute sind mehr das Fleisch und natürlich Straußenleder die Renner, zumindest für den Export. Im Land selbst sind die Tiere lebend ein wichtiger Tourismus-Faktor. Und das natürlich besonders

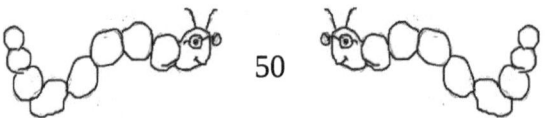

in Oudtshoorn selbst. Wo es, wie schon gesagt, sehr viele Straußenfarmen gibt. Da ist es geradezu ein **Muß**, eine zu besuchen. Dem konnte auch ich mich nicht entziehen. Noch dazu, wo ich Leute im Schlepptau hatte, für die Südafrika touristisches Neuland war, welches sie gerade erst kennenlernten.

Meine zwei Männer, beide „Neulinge", sollten natürlich so eine Straußenfarm komplett kennen lernen. Dazu gehörte neben einem Vortrag über die Tiere auch eine Führung durch die Farm. Da hieß es nicht nur: „Links sind die Jungtiere, rechts die ausgewachsenen Alttiere". Das Ganze enthielt auch recht lustige Einlagen. In diesem Jahr zum Beispiel war ich auf einer Farm, die einen *Eiertanz* im Programm hatte. Dazu wurden ein bis zwei Touristen ausgewählt. Diese mussten sich dann auf ein Gelege aus fünf bis sechs Straußeneiern stellen. Doch damit nicht genug. Die Aufgabe bestand nun darin nach einer kleinen, vom Führer gepfiffenen Melodie auf diesen Eiern herum zu hopsen. Das sah schon mal zum Schießen komisch aus. Zum einen weil die Eier zwar fest lagen, aber eben Eier waren und zum anderen, weil keiner im Takt hopste. Der Sinn des Spektakels war eigentlich, uns die Festigkeit der Eier zu demonstrieren. So nach dem Motto: „Erzählen kann man viel, praktische Beweise sind eindrucksvoller!" Außerdem prägt sich so

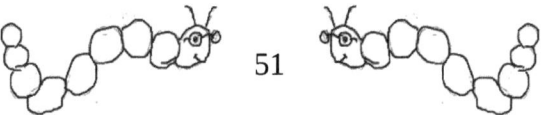

etwas auch viel besser ein. Mal ganz abgesehen von den dabei entstandenen Fotos und Video-Filmchen für die Nachwelt.

Ein weiterer Höhepunkt einer solchen Führung ist das *Straußenreiten*. Das findet immer am Ende einer Tour in einer farmeigenen „Arena" statt. Auch hier für wird wieder einer der Gäste ausgewählt. Doch dabei gibt es erhebliche Einschränkungen. Der ausgewählte Reiter, egal ob männlich oder weiblich, darf nicht mehr als 60 kg wiegen. Wie sagte unser Guide doch gleich? „ Sonst wird der Strauß zum tiefer gelegten Dackelstrauß"! Na ja, damit schied ich als Reiterin schon mal definitiv aus. Meine beiden Herren ebenfalls. Bleibt meist nur ein Kind oder jugendlicher Tourist übrig. Der betritt dann also die Arena, wo schon der Strauß auf ihn wartet. Der Rest der Gruppe nimmt auf der Tribüne Platz.

Der Strauß wird nun in ein Gestell geführt, welches aus Holz ist und ein klein wenig einer geöffneten Schere ähnelt. Über dem Kopf trägt er einen kleinen Sack, damit er erst einmal nichts sieht. Mittels einer angestellten Treppe wird nun der Reiter auf dem Strauß platziert. Ohne Sattel! Er hat etwas in Richtung Schwanz auf dem Vogel Platz zu nehmen, wobei die Füße unter die Flügel gesteckt werden müssen. Sitzt der Reiter, erfolgt die Einweisung. Es ist wie bei der Fahrschule, oder besser wie bei einem Computerspiel. Dabei ist der Hals als eine

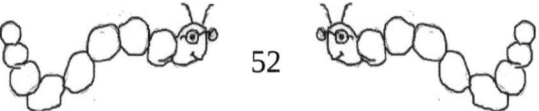

Art Joystick anzusehen, mit dem das Tier dirigiert werden muss. Der Reiter sollte ihn also so mit beiden Händen umfassen, dass er ihn fest im Griff hat. Nun folgt die „Gebrauchsanweisung" für die Straußenhalssteuerung. Die sieht wie folgt aus: Drückt man den Hals nach links, läuft der Strauß eine Linkskurve, entsprechend ist es mit rechts. Soll er stehen bleiben, so greift man den Hals mit beiden Händen und zieht ihn wie eine Handbremse zu sich heran. Die Erklärenden vergleichen das meist mit einem Joystick vom Computer. So weit die Theorie. Bestätigt der Reiter, dass er alles verstanden hat, wird der Strauß rückwärts aus dem Gestell heraus geführt. Dann wird der Sack vom Kopf entfernt. Was dann kommt, ist der Teil, wo der Tourist eigentlich reiten soll. Den meisten gelingt maximal eine halbe Runde um die Arena bevor sie die Notbremse ziehen müssen und atemlos über die rückwärtigen Körperpartien vom Strauß herunter rutschen. Manch einer landet auch etwas unsanft auf der eigenen Körperpartie. Aber Humor ist, wenn man trotzdem lacht. Das gilt sowohl für die Zuschauer als auch für den Akteur. Nun zeigen natürlich Arbeiter der Farm, wie man es richtig macht. Sie reiten meist mehr als zwei Runden.

Danach folgt die letzte Attraktion der Führung, ein richtiges Straußenrennen, ausgeführt wiederum von Angestellten der Farm.

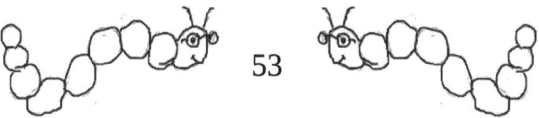

Dazu ist schon eine abgesteckte gerade Strecke vorbereitet. Die Arbeiter sitzen auf, die Strauße rennen los und die Touristen feuern an. Auch bei diesem Rennen ist wieder jede Menge Gaudi dabei.

Ich erinnere mich, bei einem dieser Rennen hießen die teilnehmenden Strauße *Whiskey* und *Hoffnungslos*. *Whiskey* drehte gleich am Start ein paar Runden um sich selbst. Worauf es hieß: "er hätte wohl am Morgen ein paar Drinks zu viel gehabt". *Hoffnungslos* stand daneben und schaute *Whiskey* zu, anstatt die Gelegenheit zu nutzen und sich einen Vorsprung auf der Strecke zu sichern. Was sich die beiden aber auf alle Fälle sicherten, waren Lacherfolge beim Publikum. Nach dem dritten Anlauf klappte dann der Start. Beide Tiere liefen los. Nur, *Hoffnungslos* in die falsche Richtung! Als er es merkte, war *Whiskey* schon fast am Ziel. Da meinte er sich sowieso nicht mehr beeilen zu müssen und trabte langsam hinterher. Beim Zieleinlauf sagte der Angestellte, der das Rennen kommentiert hatte: „*Hoffnungslos* hat seinem Namen wieder einmal alle Ehre gemacht". Wiederum sehr zur Begeisterung aller Anwesenden. Vermutlich war das alles so gestellt und abgesprochen. Aber den Gaudi war es wert! Ja, so amüsant sind Führungen auf Straußenfarmen.

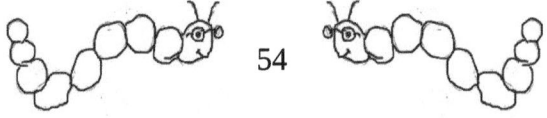

Einer der vielen Wasserfälle Afrikas

beim „Eiertanz" auf der

Straußenfarm

Straußenküken unter der

Wärmelampe

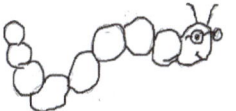 55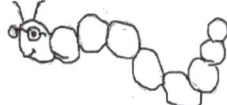

Die Schlangenfrage

Es gibt eine Frage, die mir immer wieder gestellt wird: ***Hast du keine Angst wegen der Schlangen?*** Tja, mit den Schlangen ist das so eine Sache. Angst, nein Angst habe ich keineswegs. Ich glaube, eher haben die Schlangen Angst vor uns. Über allen Köpfen bilden sich jetzt unsichtbare kreisende Fragezeichen? Nun, dann muss ich das wohl mal etwas ausführlicher erläutern. Gehen wir mal ganz klassisch an die Fakten ran. Schlangen sind wechselwarme Kriechtiere. Sie suchen sich sonnige Stellen, die ihnen gut tun, ihre Aktivitäten beschleunigen und an denen sie ihren Futtertieren auflauern können. Dabei kann ich uns Menschen als Futter ausschließen, zu groß, zu schwer, schlecht verdaulich. Bitte keine Einwände! Ich gehe vom Normalfall aus, nicht von einzeln auftretenden Ausnahmen, die es ja auch im Tierreich immer wieder mal gibt.

Als wie gesagt, wir Menschen stehen nicht auf dem Speisezettel. Wohl aber in den Kategorien störend und feindlich. Das aber eher deshalb, weil wir entweder gerade dort sind, wo ihr Futter wohnt, wir dieses verjagen oder es auf unseren eigenen Speiseplan gesetzt haben. Ansonsten gehen sich unsere Spezies meist aus dem Weg. Das ist auch für beide Seiten die effektivste Variante. Schlangen greifen uns meist nur an, wenn sie in eine Situation gedrängt werden, aus der es für sie

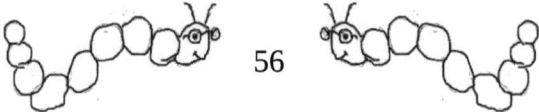

keinen Ausweg gibt. Oder wenn sie sich bedroht fühlen. Haben sie aber die Wahl, so ziehen sie die Flucht vor. Wir Menschen machen es ihnen meist sehr einfach zu flüchten. Wieso? Nun, Schlangen haben so sensible Hautsensoren, dass sie schon wissen, dass wir kommen, wenn wir noch sehr weit von ihnen entfernt sind. Für sie ist jeder Schritt von uns fast wie ein mittleres Erdbeben. In ihren Augen trampeln wir mit unseren großen Quadratlatschen von Füßen durch die Gegend wie der berühmte Elefant im Porzellanladen. Für sie ein deutliches Zeichen, sich schnellsten zu verkrümeln.

Ich vermute, das ist auch der Grund dafür, weshalb ich während meiner vielen Reisen auch nur sehr wenige Schlangen gesehen habe. Insgesamt waren es, während sieben dreiwöchigen Reisen, gerade mal dreieinhalb Schlangen oder geringfügig mehr.

Nummer 1 – ein Python

Die **erste** war eine Python. Sie begegnete mir im Krüger-Nationalpark. Aber nur ganz kurz. Sie wollte gerade die Straße überqueren, auf der wir mit unserem Auto gefahren kamen. Als sie uns bemerkte, wurde sie sozusagen zur Rennschlange. Ich konnte gar nicht so schnell gucken, wie sie aus dem Busch raus, über die Straße geschlängelt und im gegenüberliegenden Busch wieder verschwunden

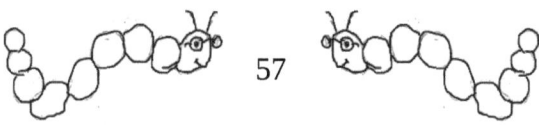

war. Nicht einmal die Kamera war startklar, als sie schon wieder weg war. Die **zweite**, na ja, die war da schon etwas problematischer. Das muss ich jetzt mal etwas ausführlicher erzählen:

Die Zweite - unscheinbar und grau

Es war im Jahr 2000. Dieses Mal hatten wir Namibia in unseren Reiseplan aufgenommen. Eine der Stationen war eine Farm in der Nähe von Otjiwarongo. Es handelte sich um eine ganz normale Farm, die sich neben der Tierhaltung mit dem Gästebetrieb etwas zusätzliches Geld verdiente. Da wir zu diesem Zeitpunkt die einzigen Gäste des Hauses waren, war alles sehr familiär. Gemeinsam saßen wir zu den Mahlzeiten in einem kleinen offenen Pavillon mitten auf einer großen grünen Wiese. Die beiden Hunde der Familie tollten auf dem Rasen herum und balgten sich aus Spaß. Plötzlich unterbrachen sie ihr Spiel, liefen zu einer Stelle am Rand der Wiese, stellten sich gegenüber auf und bellten wie verrückt. Zuerst achteten wir gar nicht so sehr darauf. Doch da sie nicht aufhören wollten, ging die Hausfrau sicherheitshalber nachsehen. Sie vermutete, dass die beiden irgendein kleines Tier aufgestöbert hatten, sich aber nun nicht heran trauten. Als sie die Stelle erreicht hatte, pfiff sie die Hunde zurück, damit sie einen

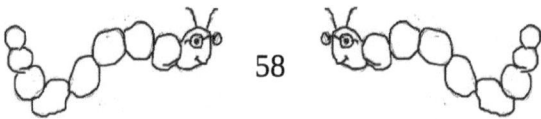

besseren Überblick über die Lage hatte. Sie stutzte einen Moment und rief dann irgendetwas zu den Arbeitern hinüber.

In diesem Augenblick betraten zwei uns unbekannte Männer das Gelände. Sie hörten den Ruf und eilten sofort zu der Stelle. Plötzlich fielen Schüsse. Wir sprangen auf. Doch die Männer gaben ein Zeichen, dass wir dort bleiben sollten, wo wir waren. Verständnislos schauten wir uns an. Da wir aber wussten, dass es in unserem eigenen Interesse besser war, die Anweisungen der Gastgeber zu befolgen, setzten wir uns wieder hin. Unsere Gastgeberin und die beiden Männer verschwanden irgendwo hinter dem Haus. Noch ein Schuss! Was war da nur los? Es dauerte fast eine halbe Stunde bis alle drei wieder auftauchten. Einer der Männer hatte einen langen Stock in der Hand, den er wie einen Zeigestock waagerecht ausgestreckt vom Körper weg hielt. Darüber hing etwas. Die Hunde sprangen um die drei herum, bellten aber nur ab und an. An der Stelle, wo sich der Sandkasten der Kinder befand, legte der Mann das ab, was über dem Stock gehangen hatte. Lächelnd bat uns die Hausfrau nun herüber zu kommen, wenn wir wissen wollten, was passiert war. Natürlich wollten wir. Also eilten wir zum Sandkasten. Darin lag eine kleine graue Schlange, knapp einen Meter lang, dünn, unscheinbar. **„Das ist eine Kobra!",** sagte die Hausfrau. Erschrocken starrten wir die Schlange

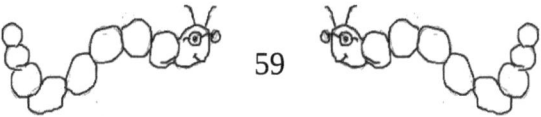

an. So sah eine Kobra aus? Bei diesem Namen stand mir immer das
Bild einer aufgerichteten Schlange mit breitem Halsschild vor Augen.
Das sagte ich auch. Ja, da hätte ich recht, meinte sie. Doch den Schild
sieht man nur, wenn die Schlange erregt und angriffslustig ist. Diese
hier hatte wohl nur still und leise durch das Gelände schleichen
wollen. Die Hunde aber hatten sie entdeckt und gestellt. Obwohl die
Schlange bereits dabei war, die Flucht anzutreten, waren ihr die
Männer und sie bis in den Gemüsegarten gefolgt und hatten sie
sicherheitshalber erschossen. Nicht etwa weil es eine Kobra war, na ja
etwas schon deswegen, aber mehr wegen der Kinder. Sie als Mutter
war natürlich um deren Sicherheit besorgt. Und die Kinder liefen
immer barfuss auf der Wiese herum. Was man eigentlich nicht tun
sollte. Doch der warme Rasen verleitet dazu es trotzdem zu tun. Nun
könnte es ja sein, die Schlange schläft gerade, oder erschrickt oder
fühlt sich von den Kindern in die Enge getrieben. Dann würde sie
natürlich angreifen und beißen. Davor hatte sie Angst. Deshalb hatten
sie nach der Schlange gesucht und sie sicherheitshalber erschossen.
Das konnten wir gut verstehen. Das war also meine zweite Begegnung
mit einer Schlange, einer toten zwar, aber eben einer Schlange und die
dazu gehörige Geschichte. Die Hausherrin hat natürlich am Abend
ihrem Gatten von der Kobra erzählt und der war froh, dass nichts

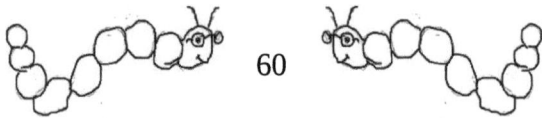

Schlimmeres passiert war. Aber er warnte uns nochmals davor ohne Schuhe über eine Wiese zu laufen. Man weiß ja nie wer oder was da eventuell noch so kreucht und fleucht. Durch das Exemplar vom Nachmittag prägte sich diese Warnung sehr deutlich in unser Gedächtnis ein. Und ich habe sie auch an alle Neulinge, die ich nach Namibia oder Südafrika mitgebracht habe, weitergegeben.

Die Dritte - grasegrün

Auf sie traf ich 2006 in Botswana unter eigentlich recht putzigen Umständen. Es war in Kasane. Wir hatten in einer Lodge am Rande der Stadt übernachtet und wollten uns nach dem Frühstück mit unserem Auto wieder auf Tour begeben. Kaum hatten wir das Gelände der Lodge verlassen und waren vielleicht 500m auf der kleinen Nebenstraße in Richtung Hauptstraße gefahren, als wir auch schon in einem Stau feststeckten. „Nanu, hier Stau?", wunderten wir uns. Das war völlig ungewöhnlich. Hier waren weder eine Baustelle noch ein Unfall zu sehen. Doch vielleicht waren wir einfach noch zu weit weg vom Ort des Geschehens. Schrittweise ging es vorwärts. Als wir den Hals etwas lang machten, konnten wir weit vorn einen Polizisten oder besser seine Mütze erkennen. Allmählich näherten wir uns der Stelle an der der Gesetzeshüter stand. Neben ihm stand sein Auto, abgestellt

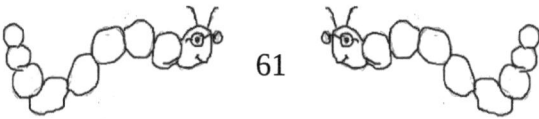

und mit Warnblinker. Davor befand sich eine, mit Band abgesperrte, Stelle mitten auf der Straße. Mit seinem Verkehrsstab wedelnd, leitete er alle Fahrzeuge um die Stelle herum. Was war dort? Ein Loch in der Straße? Ein defektes Ventil von einer Leitung? Gleich würden wir es erkennen können.

Als wir die Stelle erreichten, blickten wir natürlich neugierig in Richtung der Absperrung. Vor Verblüffung wäre ich beinahe auf die Bremse getreten und hätte wirklich noch einen Unfall verursacht. Im Inneren der Absperrung lag zusammengerollt **eine Schlange,** eine lange grüne Schlange. Sie hatte sich wohl den warmen Boden der festgestampften Straße für ein Ruhepäuschen ausgesucht. Der um sie herum flutende Verkehr schien sie nicht im Geringsten zu beeindrucken. Nicht einmal eine Spitze vom Schwanz zuckte. Außerdem hatte sie ja einen mächtigen Beschützer, einen Polizisten, der dafür sorgte, dass ihr nichts passiert so lange sie hier Pause macht. Es musste wohl eine sehr besonders seltene Schlage sein, wenn dafür sogar die Straße gesperrt wurde. Was aus der Schlange wurde? Keine Ahnung!

Ja, das waren also meine drei Schlangen. Nun kann sicher jeder verstehen, weshalb ich vor diesen keine Angst habe. Da habe ich mehr Angst, mal das Tanken zu vergessen und mitten im Nichts ohne Benzin festzustecken. Und

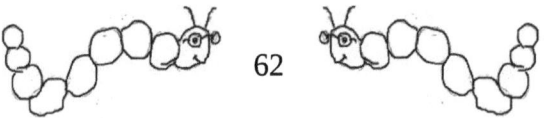

nebenbei, Schlangen sind weder eklig noch glitschig, sondern samtweich, warm und glatt. Das habe ich in einer südafrikanischen Schlangenfarm gelernt. Aber das ist schon wieder eine andere Geschichte und zählt in diesem Zusammenhang nicht wirklich.

Dreieinhalb

Tja, halbe Schlangen gibt es ja eigentlich nicht. Wohl aber sehr junge Tiere, die man getrost als halbe Portion zählen kann. Unsere wohnte im Stromkasten auf einem der Farmgelände. Der Besitzer zeigte sie uns, als wir während einer Farmrundfahrt nach Schlangen auf dem Gelände fragten. Sie hatte es sich zwischen den Kabeln gemütlich gemacht. War selbst nicht dicker als die Leitungen, die um sie herum waren. Wollte aber später mal ein großer Python werden, wie der Besitzer meinte.

Bleiben wir aber ruhig noch eine Weile beim Thema Tiere. Als besonders typisch werden ja immer die Affen angesehen. Ich hatte zwar schon eine Affen-Geschichte erzählt (in Mageobaskloof), aber derer gibt es noch mehr. Immerhin sind wir sowohl in Südafrika und als auch in Namibia und sogar in Botswana den putzigen Gesellen begegnet. Und nicht immer waren sie uns freundlich gesonnen. Viele „Scherze" gehen auf ihr Konto. Einer davon passierte in einem Camp in Botswana:

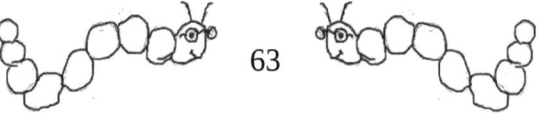

Die listige Meerkatze

Meerkatzen sind eigentlich niedliche kleine Äffchen, die possierlich in den Bäumen herum springen und dabei mitunter einen Heidenlärm veranstalten. Sie sind immer in Gruppen unterwegs. Eine solche Gruppe lebte auch in dem Camp, welches wir in Botswana bewohnten. Überall in den Zimmern waren deshalb Schilder aufgestellt, die davor warnten die Fenster unbeaufsichtigt offen zu lassen. Alles wegen der Affen! Weil die sich ansonsten in die Zimmer schlichen und mitunter darin ein regelrechtes Chaos veranstaltete! In dieser Richtung hatten wir ja schon vor Jahren erste Affen-Erfahrungen gemacht. Deshalb haben wir uns auch strikt daran gehalten. Wir, das waren in dem Fall meine Freundin und ich. Wir waren auf dieser Tour nur zu zweit unterwegs.

Doch kommen wir zu dem Tag, an dem uns eine Meerkatze versuchte zu überlisten. Am Tag zuvor hatte es noch heftig geregnet, sodass wir keinerlei Aktivitäten außerhalb des Camps starten konnten. An diesem Tag aber schaute zeitweise die Sonne heraus. In der Rezeption hatten wir einen Flyer entdeckt, der eine Safari in den Chobe-Nationalpark anbot. Daran wollten wir teilnehmen. Wir meldeten uns also an. Die Safari sollte am frühen Nachmittag stattfinden. Wir hatten noch

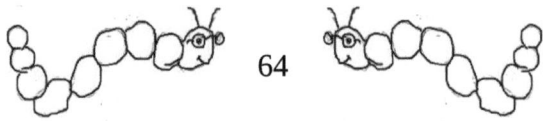

reichlich Zeit. Am Vormittag hatten wir noch ein paar Postkarten nach Hause geschrieben und ein wenig Kleinwäsche gewaschen.

Mittags meinte meine Freundin, es wäre sicher eine gute Idee etwas Verpflegung einzupacken. Man weiß ja nie, ob einen unterwegs nicht der kleine Hunger überfällt. Na gut, wurde eben ein trockenes Brötchen zwecks Mitnahme in einen Cellophanbeutel gesteckt. So ausgerüstet schlenderten wir zu erst zur Rezeption, wo wir unsere Post abgaben und dann weiter zum Sammelpunkt für die Safari. Als wir auf die Uhr sahen, bemerkten wir, dass wir uns um eine ganze Stunde vertan hatten. Wir waren viel zu zeitig! Ins Zimmer zurück wollten wir aber auch nicht gehen. Deshalb beschlossen wir, in der Freiluftbar der Lodge noch ein Schlückchen zu trinken. Dabei schossen wir einige Fotos, auf denen wir uns gegenseitig mit dem Glas in der Hand ablichteten. Die waren als Erinnerung für zu Hause gedacht. Es waren recht lustige Fotos. Den Beutel mit dem Brötchen hatten wir auf den Tisch gelegt, um es beim Start zur Safari nicht vergessen. So ganz nebenbei beobachteten wir eine Horde Meerkatzen, die rund um die Bar in den Bäumen kletterten. Es sah recht putzig aus, wie die kleinen grünen Kerle herum tobten. Schließlich kamen sie sogar herunter und turnten über die Holzbalken der Bar. Auch das fanden wir noch lustig. Beim Gucken hatten wir gar nicht bemerkt, dass sich zwei Affen

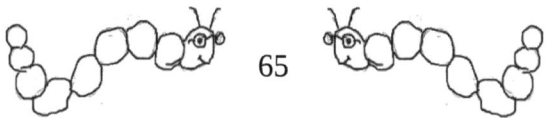

immer weiter unserem Tisch näherten. Plötzlich, aus einem Reflex heraus, griff meine Freundin nach dem Beutel mit dem Brötchen. Im selben Moment sah ich aus dem Augenwinkel eine Affenhand ebenfalls nach dem Beutel greifen. Doch meine Freundin war eine Idee schneller. Triumphierend hielt sie den Beutel fest. Hatte sich doch einer der Affen vorsichtig und leise herangeschlichen, während der andere uns ablenkte. So ein Schlingel! Er hatte das leckere Brötchen gerochen und wollte es natürlich haben. Doch meine Freundin bestand darauf, das Brötchen selbst verspeisen zu wollen. Darüber war der kleine Affe so sauer, dass er meiner Freundin eine Ohrfeige verpassen wollte. Da sie aber rechtzeitig zurück gezuckt war, erwischte er sie nur am Arm. Ich staunte welch tolle Reaktionsfähigkeit sie hatte. Auf dem Handrücken waren hinterher vier rote Streifen von der Affenpfote zu sehen. Fauchend und schnatternd trat der Affe den Rückzug an. Seine Mitaffen veranstalteten zusätzlich noch ein lautes Kreischkonzert. Jetzt wurde es sogar dem Personal zu bunt. Sie machten sich daran, die freche Affenbande zu vertreiben. Dabei halfen die Kellner der Bar sogar mit einem Besen nach. Es sah aus, als wollten sie die Meerkatzen hinweg fegen. An diesem Tag haben wir kein Affenschwänzchen mehr gesehen. Ebenso am nächsten. Nur von weitem, hoch oben in den Wipfeln, hörten wir sie. Und unser Brötchen

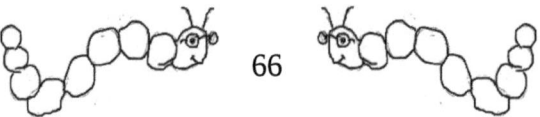

haben wir dank der schnellen Reaktion meiner Freundin selber aufessen können!

Zum Thema Meerkatzen fällt mir übrigens gleich noch eine weitere Begebenheit ein. Allerdings war das bei einer anderen Reise. Und an einem anderen Ort.

Die Frühstücksdiebe

Wir waren zu dritt im Krüger-Nationalpark unterwegs, zwei Männer und ich. Das Wetter war wunderbar, so richtiges Fotowetter eben. Deshalb hatten wir auch schon viele Aufnahmen geschossen. Und wie es auf Reisen mit mir üblich ist, hielt es uns nie länger als zwei Nächte in einem Camp. Nicht dass es uns in einem Camp nicht gefallen hätte, nein daran lag es nun wirklich nicht. Ich bin ganz einfach ein unruhiger Geist, der immer weiter muss. Ich sauge die vielen Eindrücke in mich hinein, wie ein Schwamm. Den kann man auswringen wenn er voll ist, ich muss es aufschreiben. Das ist meine Art des Auswringens. Deshalb notiere ich auch täglich alles interessante in meinem Reisetagebuch. Manchmal lese ich es meinen Mitreisenden anschließend gleich vor. Meistens aber erst nach unserer Rückkehr in gesammelter Form.

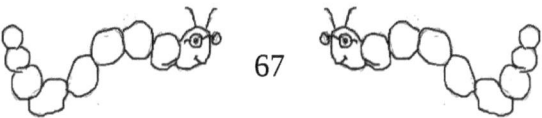

Doch zurück zum Park. Da wir immer schon sehr zeitig früh aufbrachen, um viele Tiere zu sehen, war es notwendig selber Frühstück zu machen. Außerdem ist das auch viel preiswerter. Zu diesem Zweck nehmen wir von zu Hause immer diese kleinen Wurstdosen oder auch mal eine Dauerwurst mit. Butter, Brot und eventuell Marmelade kaufen wir in den hiesigen Kaufhallen. Da Frühstück ohne Kaffee überhaupt nicht geht, wird meist löslicher Kaffee mitgenommen. Oder diese Portionspäckchen wo auch Zucker und Milch schon drin sind. Damit wären alle Frühstückszutaten komplett. Und wir können zum Akt des Frühstücks selbst kommen. Je nach Witterungslage wird dieses entweder im Wohnzimmer des Bungalows oder auf der Terrasse eingenommen. Wer mit der Morgentoilette fertig ist, beginnt mit dem Tischdecken. Na ja, ein bisschen Kultur tut auch im Busch gut und wir sind ja im Urlaub keine Wildlinge. Selbst wenn es nur Plastetassen und Teller sind, am gedeckten Tisch schmeckt es nun mal besser. Genug der Vorrede und zurück zum Tattag.

An jenem Morgen hatte einer der Herren bereits mit dem Tisch decken begonnen. Da, wie schon erwähnt, wunderbares Wetter war, wurde die Terrasse als Frühstücksort ausgewählt. Fröhlich vor sich hin pfeifend stellte er Tassen, Teller und Besteck ordentlich auf den Tisch Es

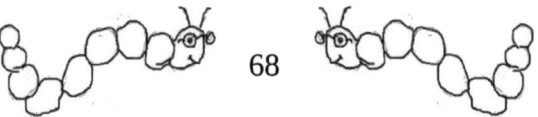

68

folgten die Wurstdosen, Butter und der Kaffee. Zwei Löffel Pulver in die Tasse und dann mit heißem Wasser aus dem Wasserkocher aufgefüllt. Und weil er es besonders nett machen wollte, legte er bei jedem schon eine Scheibe Brot auf den Teller. Danach eilte er nochmals in die Küche, weil er die Marmelade vergessen hatte. Als er wieder hinaus trat, fehlte eine Scheibe Brot. Er wunderte sich zwar, meinte aber, vielleicht eine vergessen zu haben. Deshalb legte er erneut eine auf den Teller. Dann kam er herein, um zu verkünden dass das Frühstück fertig sei. Er wolle sich schon immer an den Tisch setzen und auf uns warten. Als er hinaus kam, fehlte wieder eine Scheibe Brot. Langsam wurde ihm das unheimlich. Er blickte sich um, konnte aber niemanden entdecken. Deshalb begann er damit schon immer eine Scheibe für sich selbst mit Butter zu bestreichen. Dabei bemerkte er, dass er ja immer noch etwas vergessen hatte. Dieses Mal war es eine bestimmte Wurstdose. Also, nochmals aufstehen, um sie zu holen. Doch jetzt wollte er rückwärts in Richtung Küche gehen und dabei den Tisch im Auge behalten. Er war kaum in den Wohnraum getreten, als er im Augenwinkel eine Bewegung bemerkte. In diesem Moment kamen wir gerade anmarschiert und wollten zum Tisch gehen. Mit einer Handbewegung bremste er uns und erzählte kurz von den verschwundenen Brotscheiben. Nun übernahmen wir den

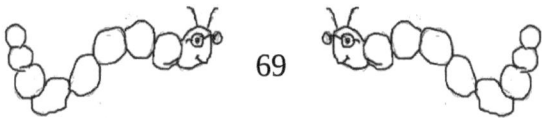

Beobachtungsposten, während er die fehlende Wurstdose holte. Es dauerte auch nur wenige Augenblicke, bis die Brotdiebe auftauchten. Erst guckte nur ein kleiner grüner Kopf um die Mauerecke der Terrasse. Sicher! Ein kurzer Pfiff und eine ganze Gruppe Meerkatzen schwang sich aus den umliegenden Bäumen herab. Nach allen Seiten sichernd näherten sie sich dem Tisch, kletterten hinauf, guckten und griffen dann nach dem Brot. Besonders die bereits bestrichene Scheibe verlockte zum Zugreifen. Natürlich stürmten wir sofort lärmend hinaus, um sie zu vertreiben. Erschrocken sprangen sie davon. Natürlich unter Mitnahme des Diebesgutes! Dabei rissen sie auch noch eine der gefüllten Kaffeetassen um. Was für eine Schweinerei! Während wir nun vor dem Frühstück erst einmal wieder Ordnung schaffen mussten, saßen sie in den Bäumen und knabberten vergnügt unsere Frühstücksbrote.

Von diesem Tag an ließen wir nie wieder den Tisch aus den Augen so bald auch nur **ein** Lebensmittel darauf stand. Klar haben wir danach herzlich darüber gelacht, wie pfiffig die Affen waren und wie dumm wir. Damit hätten wir ja rechnen müssen. Immerhin waren wir im Reich der Tiere. So etwas ist uns danach auch kein zweites Mal passiert.

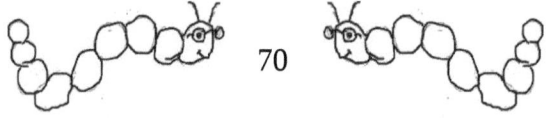

Ja, mit Tieren und besonders mit Affen kann man eine Menge erleben. Unsere nächsten lebenden Verwandten im Tierreich sind schlaue, erfindungsreiche Gesellen, die uns mit ihrer Intelligenz manchmal ganz schön in Schwierigkeiten oder in Gefahr bringen können. Apropos Gefahr, die bestand für uns auch, als wir diesen Kollegen trafen …

Ungebetener Besucher

Wir waren zu diesem Zeitpunkt zu zweit in Namibia unterwegs und hatten die Hälfte unseres Urlaubs schon hinter uns. Am Nachmittag waren wir im Camp am Waterberg eingetroffen und hatten unseren Bungalow direkt am Berghang in der hintersten Reihe bezogen. Es war ein schöner großer Bungalow, mit großem Wohnzimmer, einem Bad und sogar zwei Schlafzimmern. Eigentlich war der Bungalow ja für fünf Personen bestimmt, aber es war außerhalb der Saison und so waren wir eingezogen. Wie immer hatten wir uns einigermaßen häuslich eingerichtet. Sogar ein bisschen Kleinwäsche wurde noch am Abend gewaschen und über die Stuhllehnen zum Trocknen aufgehängt. Danach gönnten wir uns noch ein Fläschchen Wein auf der Veranda. Das Wetter war einfach zu schön, um in der Stube zu hocken. Dabei beratschlagten wir auch gleich, was wir am nächsten Tag unternehmen wollten. Darüber wurde es dunkel. In Afrika wird es

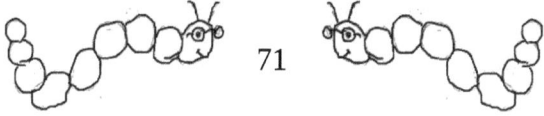

71

immer sehr schnell dunkel. Deshalb beschlossen wir mit dem Rest Wein ins Wohnzimmer umzuziehen. Als wir drinnen Licht anschalten wollten, fiel uns ein, dass wir ja damit sämtliche fliegenden Plagegeister der Umgebung anlocken würden. Das Fenster fest zu machen, wollten wir aber auch nicht. Wir genossen die laue Abendbrise. Zum Glück gab es ein stabiles Fliegengitter aus Metall. Das besaß einen festen Rahmen und war mit Haken versehen. Die dazugehörigen Ösen am Fensterrahmen fanden wir auch sehr schnell. Das Gitter wurde also eingehängt und gut befestigt. Nun konnten wir das Licht im Zimmer anschalten ohne von einem Schwarm Mücken oder anderen Flugungeheuern angefallen zu werden. Irgendwann war die Flasche leer und wir beschlossen zu Bett zu gehen. Jedoch nicht ohne noch den Frühstückstisch für den nächsten Morgen vorzubereiten. So wurden noch rasch Tassen und Teller auf dem Tisch platziert, das Kaffeepulver daneben gestellt und ein paar Bananen, die alle werden mussten. Alles andere verblieb im Kühlschrank. Die Bungalowtür wurde verschlossen. Dann ging es ins Bett.

Am nächsten Morgen, es war so gegen 5:00 Uhr, wurde ich wach. Irgendetwas hatte mich geweckt. Noch im Halbschlaf überlegte ich, was das wohl gewesen sein könnte. Die lauthals zwitschernden und tirilierenden Vögel waren es garantiert nicht. Die weckten uns ja

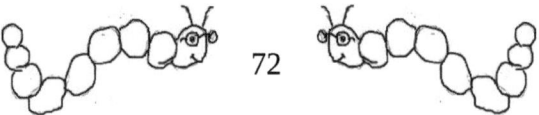

öfters. An deren Gesang hatten wir uns schon gewöhnt. Meine Freundin neben mir schlief noch tief und fest, die konnte es also auch nicht gewesen sein. Während ich noch so grübelte, hörte ich es plötzlich wieder. Es kam aus Richtung Wohnzimmer, genauer gesagt von der Bungalowtür. Jemand schien daran zu rütteln. War das etwa schon das Putzkommando? Klar, wir zogen heute wieder aus. Aber so früh? Das konnte ja wohl nicht sein. Ich rief vom Bett aus, das sie später wieder kommen sollten, es wäre ja noch halbe Nacht. Das Rütteln verstummte. Ich drehte mich auf die andere Seite, um noch ein wenig zu träumen. Da begann das Gerüttel erneut. Jetzt wurde es mir aber zu bunt! Erbost sprang ich aus dem Bett, um die übereifrigen Putzkräfte auszuschimpfen. Barfuß stapfte ich ins Wohnzimmer. Besser gesagt, ich wollte ins Wohnzimmer. An der Tür blieb ich wie vom Donner gerührt stehen. An dem Fenster, in welches wir das Fliegengitter eingehängt hatten, saß ein Affe. Nicht irgend ein Affe, ein riesiger Pavian! Wütend rüttelte er an dem Gitter. Eine Ecke hatte er schon fast ausgehängt. Seine Pfote angelte durch den entstandenen Schlitz, um es ganz aus den Angeln zu reißen. Durch sein Getobe hatte er mich scheinbar gar nicht bemerkt. Da stand ich nun in meinem Nachthemd im Türrahmen und sah zu dem Pavian hinüber, der da zähnefletschend am Gitter herum wirtschaftete. Blitzschnell malte ich

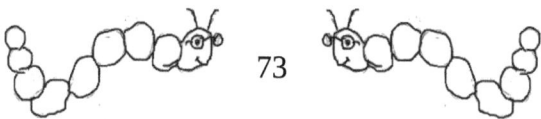

mir aus, was passieren würde, käme er herein. Im Wohnzimmer standen unsere Koffer mit allen unseren Sachen. Die Taschen mit den Kameras und auch die frisch gewaschene Wäsche befand sich dort. Der würde doch garantiert alles verwüsten.

Aus dem Augenwinkel heraus sah ich da mit einem Mal in der Ecke den Besen stehen. Ohne weiter zu überlegen, griff ich danach und rannte schreiend mit erhobenem Besen auf das Fenster zu. Dadurch muss sich der Pavian, der sich ja unbeobachtet glaubte, furchtbar erschrocken haben. Er stutzte. In dem Moment schlug ich mit dem Besen auf das Gitter und brüllte ihn an. Vermutlich habe ich dabei sogar seine Pfote getroffen. Ich habe nicht darauf geachtet. Jedenfalls ließ der Pavian vom Gitter ab, sprang von der Fensterbank und rannte schnatternd und kreischend davon.

In diesem Moment kam meine Freundin aus dem Schlafzimmer. Sie hatte mein Gebrüll gehört und wollte nun natürlich wissen, weshalb ich am frühen Morgen einen solchen Radau veranstalte. Ich zeigte auf das Fenstergitter und erzählte, was passiert war. Worauf sie ganz trocken meinte, ich hätte ihn erst fotografieren und dann verjagen sollen. Dann hätte wir jetzt ein Foto für den Steckbrief. Na die hat vielleicht Humor! Da wir aber jetzt sowieso beide wach waren, beschlossen wir gleich zu frühstücken und dann in aller Ruhe zu

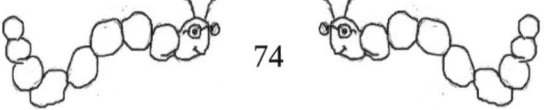

packen. Und wie wir so am Tisch saßen, kam uns blitzartig die Erleuchtung weshalb der Affe unbedingt herein wollte. Auf dem Tisch lagen wunderbar duftende Bananen! Und welcher Affe ist nicht scharf auf so ein leckeres Frühstück. Da konnten wir uns nur dazu beglückwünschen, dass wir so ein stabiles Fenstergitter hatten. Einen ausgewachsenen Pavian, der schon im Sitzen etwas mehr als einen reichlichen Meter groß ist, wollten wir wirklich nicht als Frühstücksgast.

Und dann wäre da noch der Vorfall im Krüger-Nationalpark:

Der moderne Affe

Er begegnete uns während einer Fahrt durch den Park. Von der Gattung her gehörte er zu den Pavianen. Es war ein ausgewachsenes Männchen. Gut, wird mancher sagen. Aber was macht einen „normalen" zu einem „modernen" Pavian? Nun, ein normaler Pavian läuft mit der Horde. Ein moderner fährt Auto! Na ja, er fährt natürlich nicht persönlich. Am Besten ich beginne von vorn. Bei unserer Beobachtungsfahrt sahen wir neben vielen anderen Tieren eben auch Paviane. Als wir gerade an eine Brücke kamen saß einer von ihnen auf

dem Geländer und knabberte genüßlich auf einer Frucht herum. Dabei beobachtete er aufmerksam seine Umgebung. Plötzlich sah er uns kommen. Er warf die Fruchtreste über das Geländer und sprang hurtig auf das Dach unseres Autos. Das gab einen ganz schönen Knall. Erschrocken bremsten wir. Damit war unser Fahrgast gar nicht einverstanden. Er legte sich auf den Bauch und schaute von oben durch die Frontscheibe. Dabei fletschte er die Zähne und schnatterte lauthals. Zusätzlich klopfte er auch noch auf selbige. Als wir immer noch nicht schnell genug für ihn reagierten, begann er an der Antenne zu rütteln. Ok! Sollte er halt oben sitzen bleiben! Langsam fuhren wir weiter, Kaum aber hatten wir die andere Seite der Brücke erreicht, sprang unser Schwarzfahrer ab und lief zu seiner Horde. Wir aber waren froh, dass er nichts beschädigt hatte und fuhren weiter. Ob ich den Frechdachs fotografiert habe? Habe natürlich! Für ein späteres Fahndungsfoto!

So, jetzt habe ich aber erst einmal genug Affen-Geschichten erzählt. Es gibt ja noch so viele andere interessante, lustige und spannende Anekdoten von meinen vielen Reisen mit den unterschiedlichsten Begleitern, die erzählt werden wollen. Wenn man schon so viel herum gereist ist, hat man

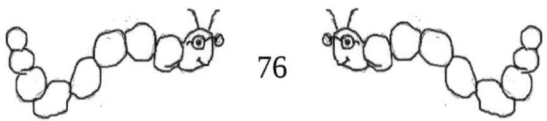

logischerweise auch viel gesehen und erlebt. Nicht umsonst gibt es das
Sprichwort:

Wenn einer eine Reise tut, dann kann er was erzählen.

die erschossene Kobra

die diebische Meerkatze

warten auf eine

Mitfahrgelegenheit

 77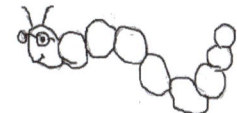

Im Krüger-Nationalpark

Wo waren wir gerade? Ach ja, beim Thema Affen. Doch gerade in den Naturschutzparks gibt es noch jede Menge anderer Tiere. Und eine Begegnung mit einigen von ihnen beinhaltet schon ein gewisses Risikopotential. Dabei meine ich nicht unbedingt nur die Raubkatzen, wie Löwe, Leopard oder Geparden. Bei denen sage ich meinen Mitreisenden immer, sie sollen nicht aus dem Auto steigen, damit die großen Katzen nicht mitbekommen welch schmackhaftes Futter sich in den fahrenden Blechbüchsen (auch Auto genannt) befindet. Wobei, aussteigen aus dem Auto außerhalb des Camps ist im Park sowieso streng verboten. Ausgenommen sind davon nur ausgewiesene Rastplätze. Doch zurück zu den Tieren mit Risikopotential. In erster Linie denke ich dabei an Büffel, Elefanten und auch Nashörner. In den Nationalparks laufen sie ja alle frei herum, wie es nun einmal ihrer Natur entspricht. Der Mensch ist nur geduldeter Gast. Er fährt auf den vorgegebenen Wegen durch den Park und bemüht sich die Tiere zu entdecken. Anders als vom Zoo her gewöhnt, muss man hier mitunter regelrecht nach den Tieren suchen.Dabei kann es natürlich zu Konfrontationen kommen. Natürlich ungewollt, aber manchmal mit fatalen Konsequenzen. Ein Beispiel:

Beim Herumstreifen im Krüger-Nationalpark befuhren wir auf der Suche nach Fotoobjekten der tierischen Art einen der vielen kleinen Seitenwege. Rechts und links des Weges standen dicht an dicht Kameldorn und andere

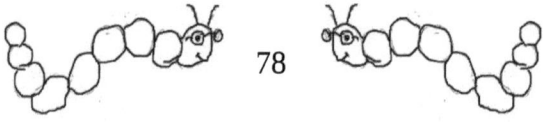

78

Büsche. Plötzlich trat ein Elefant aus den Büschen. Wenig später folgt ein weiterer. Mit der Zeit erscheint eine ganze Herde auf der Bildfläche. Aber nicht nur von einer, sondern von beiden Seiten. Jetzt wird es für uns kritisch. Wir waren faktisch mitten hinein in die Herde geraten. Das gefiel der Leitkuh überhaupt nicht, weil viele der Kühe auch Babys und Jungtiere mitführten. Da sind sie besonders vorsichtig und leicht reizbar. Also stellte die Chefkuh ihre Ohren aus, damit sie noch gewaltiger wirkt und rannte laut trötend auf uns zu. Nach wenigen Metern stoppt sie abrupt. Dabei wirbelt sie gleich noch eine riesige Staubwolke auf. Hustend atmen wir auf! Es war nur ein Scheinangriff, aber durchaus ernst gemeint. Die ungebetenen Gegner, das waren in diesem Moment nun mal wir, sollen verjagt werden. Da wir in den Augen der Kuh nicht schnell genug den Rückzug antraten, erfolgte ein weiterer Scheinangriff. Dieses Mal kommt sie noch ein Stück näher. Jetzt wird es ernst. Nichts wie schnell die Kamera weg gelegt, den Rückwärtsgang rein und vorsichtig los fahren. Ein kurzes Stück folgt uns die Kuh noch. Wohl um zu kontrollieren, dass wir wirklich verschwinden. Dann macht sie kehrt und trottet erhobenen Hauptes zurück zur Herde. Wieder einmal hat sie alle beschützt und ihre Reviergrenzen bekräftigt.

Ja ja, die Elefanten. Das erinnert mich so an einen Kanon, welchen wir früher in der Schule gelernt haben: `*Was müssen das für Bäume sein, wo die großen Elefanten spazieren gehen, ohne sich zu stoßen!*`-So hieß es. Mit der hier erlebten Wirklichkeit, hat dieses Lied aber nur sehr wenig gemein. Die riesigen Bäume, die ich mir bei diesem Lied immer vorgestellt hatte, die

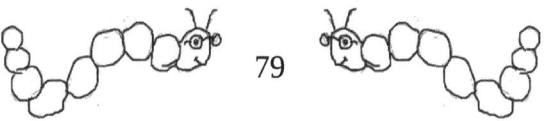

gibt es gar nicht. Und die kleinen werden mit dem Rüssel heraus gerissen und verspeist. Elefanten haben wahrlich immer großen Hunger. Wie uns ein Safari-Führer einmal erzählte, fressen sie 20 Stunden am Tag. Das ist, weil das Grünzeug wenig Nährstoffe enthält. Deshalb ist in den großen Haufen, die auf der Kehrseite herausfallen, auch noch viel wertvolles für die in der Nahrungskette tiefer stehenden Kleintiere enthalten, zum Beispiel für den Pillendreher. Der steht übrigens in Südafrika genau so unter Naturschutz wie die Elefanten. Das habe ich im Addo-Nationalpark gelernt. Dort gibt es für den kleinen Käfer sogar ein extra Verkehrsschild, damit er nicht überfahren wird.

Besitzansprüche

Doch zurück zu den Elefanten. Von denen gibt es ja noch viel mehr Geschichten zu erzählen.

Auch die nächste spielt im Krüger-Nationalpark. Die Hauptrolle übernimmt dieses Mal ein großer alter Einzelgänger von Elefant. Ihn trafen wir auf dem Weg zu einem der Wasserlöcher. Wasserlöcher, egal ob natürlich oder künstlich angelegt, sind beliebte Treffpunkte für eine Vielzahl von Tieren. Das sieht man auch immer wieder in Naturfilmen im Fernsehen. Wir also waren live auf dem Weg zu einem solchen Wasserloch. Es lag ein wenig abseits des Weges. Um dorthin

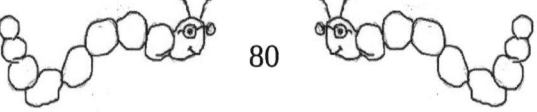

zu gelangen, mussten wir durch ein längeres Buschstück fahren. Etwa zwei Kilometer hatten wir schon zurückgelegt, als plötzlich dieser große alte Elefant mitten auf dem Weg auftauchte. Ganz gemächlich trottete er vor uns her. Wir hielten respektvoll Abstand, Marke sicher ist sicher. Der Weg war staubig, hatte auch ein paar Kurven. Und es staubte ganz schön, als wir ihm langsam folgten! Wir nahmen an, dass er ebenfalls zum Wasserloch wolle. Doch abrupt blieb er stehen. Störten wir ihn? Aber nein, er hatte anderes im Sinn. Dort wo er stehen geblieben war, war der Boden besonders locker. Das gefiel ihm scheinbar. Jedenfalls nahm er einen kräftigen Rüssel voll und warf ihn mit geschicktem Schwung über seinen breiten schwarzen Rücken. Dadurch verschwand er für einen Moment in einer Staubwolke. Sicherheitshalber blieben wir ebenfalls stehen, natürlich mit gezückter Kamera! Eine Staubwolke folgte auf die andere. Der schien ja richtig Spaß zu haben! Nur weiter gehen wollte er anscheinend nicht. Nun begann er sogar mit dem Fuß weiteren Boden zu lockern. Das Ganze dauerte bereits eine Viertel Stunde und ein Ende des Staubbades war nicht in Sicht. Vorbei fahren ging nicht. Er stand ja, wie gesagt, mitten auf dem Weg. Einen anderen Weg zum geplanten Ziel gab es aber nicht. Also keine Möglichkeit noch zum Wasserloch zu gelangen. Nachdem wir ihm fast zwanzig Minuten zugesehen hatten, wurde es

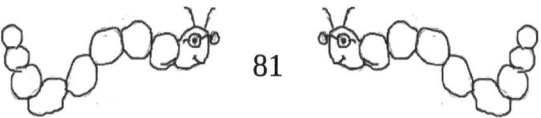

uns zu bunt. Er war so mit sich und seinem Sand beschäftigt, dass er uns völlig ignorierte. Na klar, das war `sein` Weg, `sein`Sand, sein Spaß! Andere hatten hier nichts zu suchen, so lange er mit der Körperpflege beschäftigt war. Das hatten auch die Menschlein in dem Auto einzusehen. Sollten sie doch kommen wenn er fertig war. Der Weg war glücklicherweise breit genug, um drehen zu können. Das ersparte es uns, den gesamten 2 km langen Weg rückwärts fahren zu müssen.

Zu dem Wasserloch sind wir dann am nächsten Tag gefahren. Da war der Elefant nicht mehr zu sehen. Als wir an der entsprechenden Stelle waren, hielten wir trotzdem kurz an, blickten in das entstandene Sandloch auf der Straße und gedachten unseres reinlichen Rüsseltiers vom Vortag. Ich hätte vorher nicht gedacht, dass Elefanten solche interessanten Tiere sein können. Mal sind sie gefährlich, mal harmlos, dann wiederum neigen sie zu Späßen. Ja und dann gibt es noch welche, da möchte man meinen sie wären in einem früheren Leben Modell gewesen. So ein Exemplar trafen wir 2006 im Chobe-Nationalpark, auf der Straße zwischen Victoria Falls und unserer Unterkunft in Botswana.

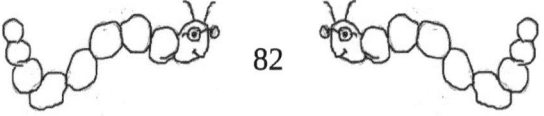

Ein Elefant als Fotomodell

Zu diesem Zeitpunkt waren wir aus organisationstechnischen und anderen Gründen noch nicht im Besitz unseres Mietwagens. Ein Fahrer hatte uns deshalb in unserem Hotel in Victoria Falls abgeholt und sollte uns in unsere Unterkunft in Botswana bringen. Dazu muss man wissen, dass Victoria Falls in Simbabwe liegt. Und einen Mietwagen mit Grenzübertritt buchen, ist eine verdammt teure Angelegenheit. Da ist es einfacher, sich fahren zu lassen. Der Fahrer, übrigens ein netter junger Afrikaner mit tiefschwarzer Hautfarbe, wies uns darauf hin, dass die einzige Verbindungsstraße zwischen Victoria Falls und Botswana mitten durch den Chobe- Nationalpark führt. Das heißt, wir müssten verstärkt wegen der Tiere aufpassen. Uns sollte es nur Recht sein, so kämen wir möglicherweise zu einigen zusätzlichen Fotos. Und da keiner von uns beiden das Lenkrad fest halten musste, umso besser.

Er hatte es kaum ausgesprochen, als auch schon die ersten Kudus unsere Straße kreuzten. Doch es sollte noch besser kommen. Wir hatten bereits einige Kilometer zurückgelegt, als ein junger Elefantenbulle unsere Straße überqueren wollte. Elefantenbullen sind oft Einzelgänger. Sie werden nur bis zu einem bestimmten Alter in der Herde der Weibchen geduldet, dann müssen sie diese verlassen.

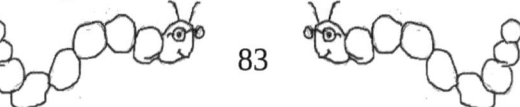

Manchmal schließen sie sich zu jugendlichen Gruppen zusammen. Meist aber ziehen sie allein durchs Land. So wie unser Bulle. Der wollte also gerade jetzt und hier über die Straße. Aber nicht etwa, dass er so einfach schnurstracks darüber marschierte um von A nach B zu kommen. Oh nein, das wäre ja langweilig, muß sich unser Elefant gedacht haben! Mitten auf der Straße blieb er deshalb erst einmal stehen. Da kam ja etwas angerollt. Das musste genauer beguckt werden. In diesem Fall waren wir das! So geht das aber nicht, war wohl sein Standpunkt! Unser Freund Elefant war fest der Meinung dies wäre *seine* Straße. Und diese Meinung tat er auch kund, indem er die Ohren auf maximale Breite stellte, den Rüssel erhob und ein kräftiges *Törööö* ertönen ließ. Dann legte er einen Sprint in Richtung auf unser Auto zu ein. Dabei wackelte er heftig mit dem Kopf. Kurz vor dem Auto, wir waren inzwischen stehen geblieben, bremste er ruckartig ab. Wir konnten förmlich die Bremsspur seiner großen Füßen sehen. Es folgte ein erneuter Trompetenstoß. Neustart. Dieses Mal bis etwa einen Meter vor unsere Kühlerhaube. Rüssel hoch „Törööö!" Unser Fahrer kannte entweder ihn oder ähnliche Aktionen von anderen Elefanten. Jedenfalls blieb er gelassen und meinte nur: „ Na, der nimmt sich aber wichtig!" Jedenfalls sahen wir live und hautnah einen bilderbuchreifen Scheinangriff. Zuerst waren wir

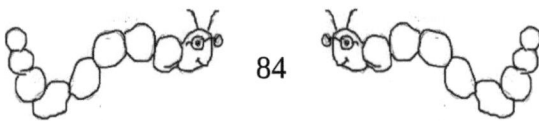

furchtbar erschrocken und hatten uns hinter der Lehne versteckt, von wo aus wir, dann mutiger werdend, hervor schauten. Und als unser Fahrer den Satz mit dem *wichtig* sagte, wurden wir vollends mutig. Endlich griffen wir zu unseren Fotoapparaten und Kameras. Darauf hatte der Elefant wohl schon gewartet. Wie ein echtes Star-Modell begann er zu posieren. Natürlich erst, nachdem er sich vergewissert hatte, dass wir aufnahmebereit waren. Er griff sich übermütig einen kleinen Baum vom Straßenrand, umfasste ihn mit dem Rüssel, zerrte daran herum und schubste ihn schließlich mit einem gezielten Kopfstoß um. Es folgte nochmals die Nummer mit dem Schütteln des Kopfes. Die Ohren flogen dabei umher wie Propeller. Als wir schon dachten, das wäre es gewesen, stieg er die Böschung hinauf, setzte sich auf sein Hinterteil und rutschte wie auf einer Kinderrutsche herunter. Und damit wir das auch richtig aufnehmen können, wurde es gleich noch mal wiederholt. Anschließend scharrte er Erde locker und warf sie über sich. Weil aber teilweise noch Grasbüschel dazwischen waren, sah das recht putzig aus. Ein Elefant dem Gras auf dem Rücken wächst, wie toll. Es folgten einige Drehungen um die eigene Achse und sogar der Versuch sich auf die Hinterbeine zu stellen. Wo er das wohl gesehen hat? Jedenfalls machte er noch eine ganze Weile

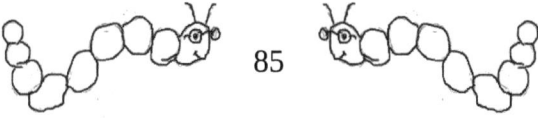

irgendwelche Fisimatenten. Irgendwann hatte er dann aber wohl genug von der eigenen Zirkusvorstellung und stapfte davon.

Nun konnten auch wir wieder starten. Der Fahrer ließ den Motor, den er irgendwann während der Vorstellung ausgemacht hatte, wieder an. Den Rest der Fahrt haben wir uns noch ausführlich über diesen etwas verrückten Elefanten unterhalten und gemeinsam herzlich gelacht. Nachdem er uns an der Rezeption abgesetzt hatte, hat unser Fahrer sich noch mit den dortigen Angestellten unterhalten. Ich habe ihn ein wenig aus dem Augenwinkel beobachtet. Auch da muss das Hauptgesprächsthema dieser Elefant gewesen sein. So sah es zumindest nach einigen Armbewegungen, die er machte und dem heftigen Gelächter was darauf folgte, aus.

Der Sturkopf

Ja und dann war da noch ein anderer, dickköpfiger, Elefant. Dieses Mal im Etosha-Nationalpark. Ihm begegneten wir an einem Vormittag auf unserer Safari-Tour durch den nördlichen Teil des Parks. Wir waren am Rand der Pfanne auf einem Sandweg unterwegs. In der Pfanne sahen wir eine größere Gruppe Flamingos, die es sich in einem kleinen Wasserbecken gemütlich gemacht hatten. Es müssen wohl so etwa 300 Tiere gewesen sein. Für uns jedenfalls ein beeindruckendes Bild. Wir machen uns gerade gegenseitig auf einige Gnus aufmerksam, die sich dieser Wasserstelle näherten, als plötzlich von vorn ein Jeep kam. Im Prinzip nichts außergewöhnliches, im Park begegnete man ständig Fahrzeugen, die auf Safari waren. Aber irgendetwas war seltsam. Der Weg war nur für ein Auto breit genug, an beiden Seiten leicht aufgeschüttet, ein Hohlweg demzufolge. Also sollten wir uns besser einen Ausweichplatz suchen. Ein Stück hinter uns hatten wir eine Stelle gesehen, die sich dafür eignete. Aber wir konnten hier ja nicht wenden. Uns blieb nichts anderes übrig als rückwärts zu fahren. Dabei fiel es uns wie Schuppen von den Augen. Auch der Wagen vor uns fuhr *rückwärts*. Wieso? Darauf konnten wir uns keinen Reim machen. So fuhren jetzt also *zwei* Autos im Rückwärtsgang vor oder hinter einander her. Fast einen Kilometer hatten wir auf diese Weise schon zurückgelegt. Aber das Auto vor uns hielt einfach nicht an. So konnte das nichts werden mit dem einander ausweichen! Inzwischen waren auch die Ränder flacher geworden. Warum hielt der andere nicht an? Irgendwie ließ sich sicher eine Möglichkeit finden, aneinander vorbei zu kommen. Und wenn es quer durchs Gelände wäre. Die lang gestreckte Kurve, in der wir uns begegnet waren, war zu Ende. Jetzt fuhren wir beide auf gerader

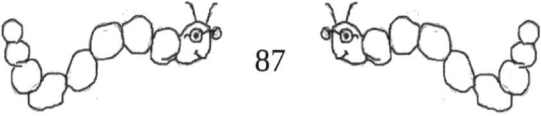

Strecke. Und jetzt konnten wir auch den Grund für die seltsame Fahrweise unseres Vordermannes erkennen. Etwa 300 m weiter vorn kam ein Elefant den Hohlweg entlang getrottet. Schön gemächlich, er hatte ja Zeit! Ab und an stoppte er kurz, riss einen Ast ab, fraß die Blätter und trottete weiter. Nicht etwa dass er auf die Idee gekommen wäre nach rechts oder links abzubiegen. Oh nein, auf dem Weg laufen war ja viel bequemer! Nur, da wo er lief, konnte kein anderer laufen oder gar fahren. Deshalb also fuhr der andere rückwärts! Und jetzt wir beide. Es dauerte gar nicht lange, da fand sich hinter uns sogar noch ein drittes Fahrzeug ein. Die rückwärts fahrende Autoeskorte des Elefanten wurde immer länger. Doch das war für das Tier immer noch kein Grund nun endlich in den Busch zu verschwinden. An der geplanten Ausweichstelle mussten wir ebenfalls rückwärts vorbei fahren. Es ging einfach nicht. Stehen bleiben war nicht drin. Entweder wäre sonst das andere Auto auf uns drauf gefahren oder wir wären in gefährliche Nähe zu dem Elefanten geraten. Mehr als drei Kilometer Rückwärtsfahrt hatten wir schon bewältigt. Dann endlich geruhte es dem Elefanten zu gefallen nach rechts in den Busch abzubiegen. Erleichtert atmeten alle auf. Logisch, dass ein gemeinsamer Stopp eingelegt wurde, um über diesen dickköpfigen Kerl von einem Elefanten zu reden. Es stellte sich heraus, dass die Familie in dem

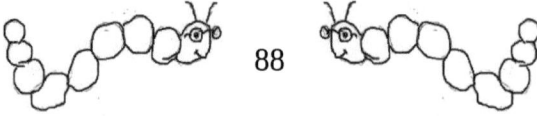

88

Auto vor uns bereits zwei Kilometer im Rückwärtsgang zurückgelegt hatte, als wir auf sie oder sie auf uns (je nach dem wir man es sehen will) trafen. Und alles nur, weil dieser Elefant es schick fand den Weg zu benutzen, anstelle quer durch den Busch zu stapfen. Na ja, auch so kann man Bekanntschaften schließen. Aber das ist sicher nicht der gewöhnliche Weg,

Also, wenn ich so in Ruhe darüber nachdenke, hätte einiges davon ganz schön dumm ausgehen können. Das ist wahrscheinlich der Teil, wo alle immer die Hände über dem Kopf zusammenschlagen und rufen *„Mein Gott, ist das nicht gefährlich?"* Ist es das? Ich weiß nicht. In dem Augenblick, wo es passiert, hat man keine Zeit darüber nachzudenken. Und später, wenn man eine Nacht oder mehr darüber geschlafen hat, kommt es einem nicht gefährlicher vor, als vor dem Fernseher zu sitzen und das Geschehen auf dem Bildschirm ablaufen zu sehen. Vielleicht liegt es auch daran, dass man selbst aktiv handeln konnte. Jemand, der das noch nie versucht hat, kann sich das sicher schwer vorstellen.

Jetzt ist aber genug philosophiert. Ich wollte doch ein paar Geschichten aus Afrika erzählen und keine theoretischen Vorträge halten. Also zurück zu den Geschichten. Da hatten wir bisher Begebenheiten mit Schlangen, Affen und Elefanten, sowie den

 89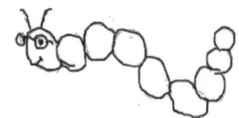

Zwischenfall auf dem Flughafen. Dann sollte ich jetzt mal eine Geschichte ganz anderer Art erzählen. Teilweise habe ich sie von den Einheimischen, das Gerippe sozusagen. Das symbolische Fleisch, die Muskeln und eine Prise Phantasie habe ich, wo es mir notwendig schien, hinzugefügt.

Begegnungen mit grauen Riesen und emsigen Käfern

Auf Spurensuche

Na, das war vielleicht was! An jenem Tag kamen wir uns wie Sherlock Holmes vor. Doch ich fange wohl am Besten ganz von vorn an. Es war im Jahr 2000. Wieder einmal machten wir Namibia unsicher. Wir waren schon ein ganzes Stück herumgekommen und nun am Waterberg gelandet. Hier hatten wir mehrere Tage eingeplant, weil wir die Umgebung genauer erkunden wollten. Unter anderem hatten wir dem Reiseführer entnommen, dass es hier auf einem Privatgelände Dinosaurierspuren zu bestaunen gibt. Im Fernsehen hatten wir so etwas ja schon gesehen, in natura noch nicht. Das wollten wir uns nicht entgehen lassen. Also nochmals genau nachlesen, dann auf der Karte heraussuchen. So weit die Theorie. Am nächsten Morgen war Start. Erst ein langes Stück Schotterpiste entlang des Waterbergs. Dann sollte es nicht mehr weit sein. Die Schotterpiste zog sich wie Kaugummi. Wir dachten, dass wir das Ende nie erreichen. Dann aber, oh Wunder! Es tauchte ein mehr als schüchternes schmales Holzschild auf. Der erste Hinweis auf unser Ziel. Frohen Mutes folgten wir der angegebenen Richtung. Nun bestand die Piste nur noch aus einem staubigen Weg, der uns auch prompt in eine Staubwolke einwickelte. „Jetzt bloß nicht den Scheibenwischer anschalten!", dachten wir. Das hätte eine schöne Schmiere auf der Frontscheibe gegeben. Besser war

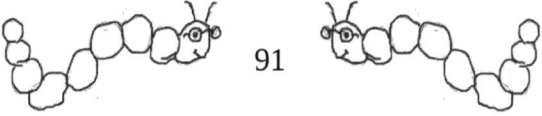

es langsam weiterzufahren, damit sich die Wolke legen konnte. Wir mussten sogar eine Weile stehen bleiben, damit die Sicht wieder brauchbar wurde. Dann fuhren wir vorsichtig weiter, immer darauf hoffend das Ziel bald erreicht zu haben. Doch wieder wollte der Weg kein Ende nehmen. Endlich ein weitere hölzernes Hinweisschild, selbst gemalt versteht sich! Aha, jetzt also nach rechts abbiegen. Plötzlich standen wir vor einem Farmtor. Richtig, die Spuren befanden sich ja auf dem Privatgelände einer Farm. Ich stieß das Tor so heftig auf, dass es gleich wieder zurück schwang und dabei auch noch eine Schramme in das Glas des Scheinwerfers ritzte. Auweia, hoffentlich gab das bei der Abgabe keinen Ärger! Doch darüber wollte ich mir jetzt noch keine Gedanken machen. Jetzt wollte ich endlich die Dino-Spuren angucken. Vor dem Gucken kam aber das Bezahlen. Wir waren mittlerweile am Farmhaus angekommen, von wo uns ein älterer Herr in Filzpantoffeln entgegen schlurfte. Er wedelte mit den Armen, um uns auf einen leeren festgestampften Platz zu dirigieren. Das war wohl der Parkplatz. Na ja, vertrauenerweckend sah das Ganze nicht gerade aus. Inzwischen war der Alte bei uns angelangt und machte uns klar, dass pro Person fünf Namibia-Dollar und für das Auto zwei fällig wären. Was uns allerdings für dieses verwildert aussehende Gelände etwas reichlich erschien. Nach einem bitterbösen Blick von uns und

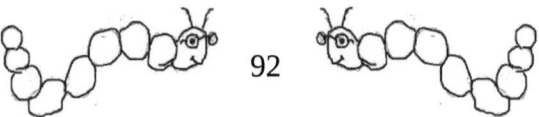

dem Anschein, dass wir wieder kehrtmachen wollen „erließ" er uns die zwei Dollar für das Auto und ging mit dem Eintrittspreis bis auf eben jene zwei Dollar pro Person (!) herunter. Ich glaube, das Schlitzohr wollte nur etwas Taschengeld nebenbei herausschinden. Zehn Dollar wären ja auch wahrlich nicht viel für uns gewesen, umgerechnet ein Euro. Doch übers Ohr hauen wollten wir uns trotzdem nicht lassen.

Nun wollten wir natürlich die Spuren sehen. Der Alte wies auf den hinter ihm ansteigenden Berghang. Dort wären jede Menge Spuren, Schilder gäbe es nicht und wir könnten herum laufen wo und wie es uns passt. Na toll! Das war ja mal ein ganz exquisiter Touristenservice! Mittlerweile war es fast Mittag und die Sonne strahlte entsprechend kräftig. Jetzt wollten wir es aber wissen, ob sich der Weg gelohnt hatte. Also kraxelten wir den Hang hinauf.

Zuerst sahen wir....gar nichts. Nach dem wir zu dritt eine Weile umhergeirrt waren, entdeckten wir dann aber die ersten Spuren. Und jetzt da wir wussten an welchen Stellen wir gucken mussten, fanden wir immer mehr. Sie verliefen neben- und übereinander. Es waren Spuren von ganz kleinen Füßen und Tapsen, so groß, dass wir beide Füße hineinstellen konnten. Anhand der Lage der Platten spekulierten wir, wie diese Stelle früher einmal ausgesehen haben musste. Dabei

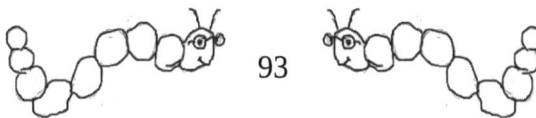

kamen wir zu dem Schluss, dass die Platten waagerecht gelegen haben mussten. Anders ließ sich die Anordnung mancher Spuren nicht erklären. Außerdem muss es Schlamm vom Grund eines Flusses oder wenigstens weiches Ufer gewesen sein. Einige Abdrücke waren nämlich sehr tief. Auch die Vielzahl der verschiedenen Spuren war nur so erklärbar. Der Alte oder irgendjemand anderes von der Farm, der uns etwas hätte erklären können, war weit und breit nicht zu sehen. Wir waren ganz mutterseelenallein, so weit das Auge reichte. Nach dem wir genug geguckt, fotografiert und spekuliert hatten, machten wir uns wieder auf den Heimweg.

Reise in die Steinzeit

Da wir gerade in der Urzeit angekommen sind, will ich auch noch eine andere Geschichte anfügen. Die hatte ich zwar schon in meinem Buch „Affenknacker für Wiederholungstäter" erzählt, aber ich finde sie gehört ebenso gut hierher. Es ist eine Begebenheit aus dem Jahr 2002. Wir wohnten in der Gästefarm Bambatsi und erzählten beim Abendbrot von unseren Vorbereitungen für den nächsten Tag. Auf näheres Nachfragen unserer Gastgeber erzählten wir von unserem Vorhaben, am nächsten Morgen nach Twyfelfontain fahren zu wollen. Wir hatten im Reiseführer gelesen, dass es dort sehr schöne

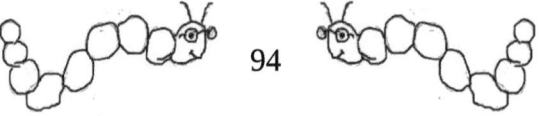

Felszeichnungen geben sollte. Und von Bambatsi aus, war das nicht allzu weit entfernt, nur etwa zwei Stunden Fahrzeit. Doch der Gastgeber, Herr Zahn, hatte eine bessere Idee. Twyfelfontein sei zu überlaufen. Da fahren alle Touristen hin, meinte er. Was wir von Felszeichnungen ganz für uns alleine halten, wollte er wissen. Das klang nach einem kleinen Abenteuer. Also genau das, weshalb wir lieber als Individualreisende unterwegs waren. Begeistert stimmten wir zu. Er bat uns, einen kleinen Moment zu warten, damit er einen Anruf tätigen könne. Kurz darauf kam er freudestrahlend zurück und verkündete, er hätte uns bei seinem Freund auf Omburo Ost angemeldet. Der spricht zwar nur englisch, hat aber viel schönere und vor allem mehr Zeichnungen als Twyfelfontein.

Am nächsten Morgen, nach dem Frühstück, machten wir uns mit den besten Wünschen von Herrn Zahn auf den Weg. In der Hand hielten wir einen Zettel mit einer handgefertigten Wegskizze. Damit wir uns nicht verfahren, wie Herr Zahn meinte. Das klappte auch bestens. Auf Omburo Ost angekommen, wurden wir schon erwartet. Nachdem wir die Grüße übermittelt hatten, ging es auch schon los. Herr Reitz, oder Hendrik, wie ihn Herr Zahn genannt hatte, verfrachtete uns auf die Ladefläche seines Pick Up und ab ging es. Na das war vielleicht eine Fahrt! Bisher hatte ich noch nie so eine Fahrt auf einer Ladefläche

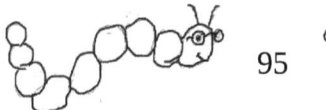 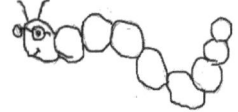

gemacht. Viel Spaß gab es schon dabei, mich unsportliches, ungelenkiges Wesen hoch zu befördern. Oben angekommen suchte ich vergeblich nach dem Sitz. Wieder sorgte ich für Heiterkeit. Ja, ja, Schadenfreude ist schon was Tolles! Zumindest für die anderen. Hendrik machte uns dreien verständlich, dass der beste Sitzplatz auf dem Radkasten wäre. Und festhalten sollten wir uns an der Kante. Gesehen hatte ich das ja schon bei den Einheimischen. Nun sollte ich es also ebenso machen. Na gut, einen Versuch war es wert. Kaum hatten wir unsere Sitzposition eingenommen, schoss das Auto los. Aber es war keine gewöhnliche Schotterpiste, nein es ging hinauf in die Felsenlandschaft. Für das Auto bedeutete das eine Geländefahrt ich gar nicht wusste, wo ich zuerst hinsehen sollte. Damit wir auch verstehen, was wir da vor uns sehen, begann Hendrik es uns zu erklären. Da waren rituelle Tanzszenen zu erkennen, Menschen und Tiere. Doch nicht nur das. Manche der Tierbilder stellten Jagdszenen dar. Dann gab es noch Tiere, die als Symbole für bestimmte Naturphänomene standen. Gemerkt habe ich mir: Elefant als Symbol für Wasser. Dann waren da ganze Herden von Gazellen mit fliegenden Pfeilen dazwischen, viele Giraffen und Büffel. Die Giraffen über Stock und Stein, bergauf, bergab, durch erodierte kleine Flussbetten bis hin zu den Felsen. Alles auf dem Gelände von derFarm Omburo Ost! Ab und zu zeigte sich mal ein Stück, das in gewisser Weise einem Weg ähnelte. Die wilde Fahrt endete an einer Art

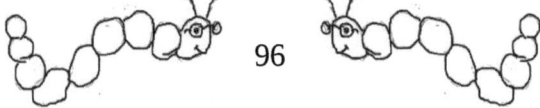

Wendeschleife. Hier mussten wir absteigen. Gut das ich an der Sitzfläche gut gepolstert bin, so habe ich die Fahrt mit „nur" ein paar blauen Flecken an der Kehrseite hinter mich gebracht. Mit Schrecken dachte ich bereits an die Rückfahrt. Hoffentlich hatte sich die Tour wirklich gelohnt.

So, da standen wir nun an dieser Wendeschleife und schauten den Berg vor uns an. Da sollten wir also hinauf. Oh je, hoffentlich müssen wir nicht allzu weit kraxeln, dachte ich so bei mir. Umso überraschter war ich, als bereits nach einem Marsch von wenigen Minuten die ersten Felsen mit Zeichnungen erreicht waren. Bisher kannte ich so etwas nur von Abbildungen aus Büchern und aus dem Fernsehen. Jetzt stand ich selbst davor und staunte die Felswand an. Da waren so viele Figuren drauf, dass waren vielfach ohne Beine gezeichnet. Hendrik erklärte uns, dass das daran liegen könnte, das die Jäger die Beine der im hohen Gras stehenden Tiere nicht gesehen hätten. Es konnte aber auch sein die Tiere wurden absichtlich ohne Beine gemalt. Tiere die keine Beine haben, können vor den Jägern nicht weglaufen. Also wurde damit ein Jagdzauber beschworen. Was der alles wusste! Er hatte sich intensiv mit seinen Zeichnungen befasst und viel darüber gelesen. Man sah ihm direkt an, welchen Spaß es ihm machte, sein Wissen an uns weiter geben zu können. Stolz erzählte er uns auch,

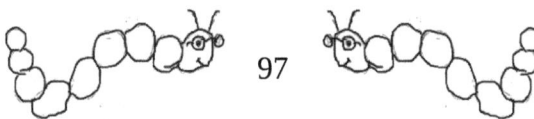

dass sogar Wissenschaftler hier gewesen seien und die Felszeichnung begutachtet hätten. Von ihnen hat er erfahren, dass `seine` Zeichnungen etwa 3000 Jahre alt sind. Die ersten Zeichnungen hätte er durch Zufall gefunden, als er die Farm neu gekauft hatte und wissen wollte, welche Tiere hier beheimatet sind. Neugierig geworden, wollte er mehr zu dem Thema wissen und seitdem ist es sein Hobby. Und was er alles wusste! So konnte er uns sehr anschaulich erklären, warum sich die Zeichnungen in einer bestimmten Höhe an der Wand befanden, welche Ausgangsstoffe für welche Farben verwendet wurden und warum jüngere Zeichnungen unter den älteren gezeichnet wurden. Ich versuche es mal zusammenzutragen: Also, die Höhe der Zeichnungen war abhängig von der Größe des Malers. Da die Urzeitmenschen nur etwa 1,30 Meter groß waren, befanden sich die Zeichnungen auch in dieser Höhe. Die Maler malten nie über dem Kopf. Die Farbe bestand aus Naturmaterialien wie Blut, Eiweiß und zerstoßenem Ocker, sowie anderen Pflanzenfarben. Bemalt wurden grundsätzlich nur Wände, die unter Felsvorsprüngen lagen. Damit war gesichert, dass der nächste Regen die Bilder nicht abwaschen konnte. Ganz schön schlau von unseren Vorfahren, wie wir feststellten. Ja und auch das mit der Bildhöhe war eigentlich ganz logisch. Der Maler stand auf dem Boden und malte an der vor ihm liegenden Wand. Mit

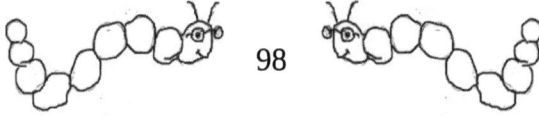

den Jahren wurde aber Boden abgetragen. Der Maler stand jetzt tiefer als vorher. Über Kopf wurde, wie schon gesagt, nicht gemalt, also die neuen unter die alten Zeichnungen drunter. Wegen all diesen Faktoren haben sich auch so viele der Felszeichnungen bis heute erhalten. Sicher sind durch Felsstürze oder andere Naturereignisse auch Zeichnungen verloren gegangen. Vielleicht werden sie auch in ferner Zukunft einmal wieder gefunden. Das kann man ja alles nicht wissen. Aber auch so war es schon sehr beeindruckend.

Hendrik zeigte uns aber nicht nur die Zeichnungen, die von Jagdzauber, über Dank an die Götter, bis zum einfachen `Wir waren hier` bedeuten konnten. Er erklärte uns, wo die Schlafplätze unserer Vorfahren unter den Felsvorsprüngen gewesen waren, wie sie vor der Höhle Feuer gemacht und sogar schon Getreide gemahlen hatten. Das durften wir mit ein paar wenigen Körnchen sogar selbst versuchen. Puh, war das anstrengend! Und schnell ging es auch nicht gerade. Gut, dass es heute Mehl im Laden gibt. Auch ein kleines Urzeittänzchen haben wir versucht, sind dabei aber vor Lachen immer wieder aus dem Takt gekommen den Hendrik mit einer Felltrommel vorgab.

Er erklärte uns, wie die Jäger Gifte aus Pflanzen und Tieren gewannen, um ihre Pfeile wirksamer zu machen und konnte sogar unterschiedliche Wirksamkeiten von Lähmung bis schneller Tod mit

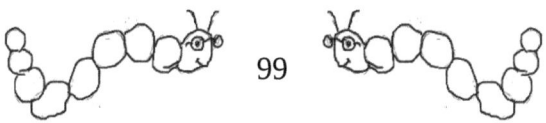

verschiedenen Pflanzengiften benennen. Eine der Pflanzen wuchs sogar direkt neben dem Lagerplatz an dem wir uns befanden. An den Strauch ließ er uns aber nicht heran, da es sich um eines der tödlich wirkenden Gifte handelte.

Fast drei Stunden verbrachten wir auf dem Berg bei unseren Ahnen. Dann hieß es den Heimweg antreten. Aber wir haben in diesen Stunden mehr gelernt als wir es uns erträumt hatten.

Noch tiefere Vorzeit

Wenn wir nun schon einmal in der Zeit gelandet sind, in der unsere Ahnen noch im Fellröckchen ums Feuer hopsten, können wir die Zeituhr auch gleich noch ein Stück weiter zurückdrehen. Wir sind nun in einer Zeit angekommen, als unsere Vorfahren noch unter Science-Fiction gehandelt wurden. Es gab aber schon Meer und Land. Und es gab auch schon Tiere und Bäume. Die Erde hatte aber noch ein ganz anderes Aussehen als wir es von heutigen Landkarten kennen. Sämtliche Festlandmassen hingen noch zusammen wie ein großes Stück Kuchenteig. Ringsherum war das Urmeer. Dieses Stück Kuchenteig war der Urkontinent Gondwana. Weil er so etwa in der Mitte der Erdkugel, im Bereich des Äquators herumdümpelte, war es dort entsprechend warm. Wasser, Wärme und viel Platz waren ideale

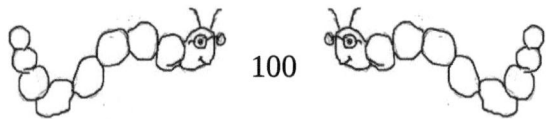

Wachstumsbedingungen. So konnten die Bäume sehr hoch in den Himmel wachsen.

Doch dann zerbrach Gondwana. Die Kontinente trieben auseinander, Land sank ins Wasser und Bäume stürzten. Sehr rasch verschwanden sie im dicken Schlamm. Keine Luft kam mehr an das tote Holz. Somit hatten die Stämme auch keine Chance zu verrotten. Unter diesen Bedingungen verkieselten sie. Oder wie wir heute sagen würden, sie versteinerten. Durch die Veränderung der Kontinente waren viele von ihnen unwiederbringlich verloren. Nicht so in Afrika. Dort tauchten sie nach vielen tausend Jahren wieder auf. Wind, Erosion und Veränderungen der Bodenschichten, sowie Eingriffe durch den Menschen waren schuld daran. Als man erkannte, welch einen Schatz die Erde frei gegeben hatte, setzte man alles daran, ihn zu bewahren. Besonders viele versteinerte Bäume findet man heute in dem Gebiet rund um Khorixas. Dort kann man diese Zeugen aus der Frühzeit unseres Planeten besichtigen, meist mit einem einheimischen Führer. Der achtet auch sehr streng darauf, dass kein Tourist sich Stücke von versteinerten Bäumen als Souvenir mit nach Hause nimmt. Das ist auch besser so, denn sonst wäre der gesamte Baumschatz bald verschwunden. In dem gleichen Gebiet findet man neben den versteinerten Baumteilen sogar noch lebende Fossilien aus jener Zeit.

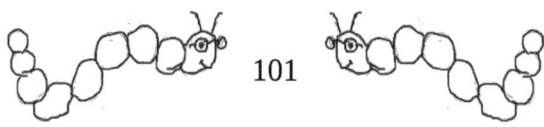

Das klingt im ersten Moment unwahrscheinlich, entspricht aber der Tatsache. Dieses Fossil ist die Welwetschia. Wie soll ich sie beschreiben? Also fast jeder hat ja schon einmal eine Agave gesehen. Nun stelle man sich vor, diese Agave wäre ganz schlecht gegossen worden und sämtliche Blätter lägen am Boden. Zum Teil sind sie auch schon etwas vertrocknet. Damit gewinnt man eine erste Vorstellung von einer Welwetschia. Der Unterschied von einer Welwetschia zu einer vertrockneten Agave liegt in der Mitte des Gewächses. Dort ist ein Streifen borkigen Materials zu erkennen. Es sieht aus wie Baumrinde. Und genau das ist es auch, Baumrinde. Auch wenn es für uns unwahrscheinlich klingt. Dieses Gewächs namens Welwetschia ist ein Baum! Ein Baum aus einer Zeit vor zwei- bis dreitausend Jahren. Unter den extremen Bedingungen Namibias, bei Hitze Sand und Trockenheit hat er diesen unwahrscheinlich langen Zeitraum überstanden. Ich bezeichne die Welwetschia gern als ein Wunder der Natur. Übrigens sind Welwetschia getrennt geschlechtliche Bäume. Es gibt männliche und weibliche. Das kann man an den Blütenständen erkennen. Woher ich das alles weiß? Nun, einen Teil davon hat uns unser Führer in Khorixas erklärt. Das andere habe ich im Internet und im Reiseführer nachgelesen.

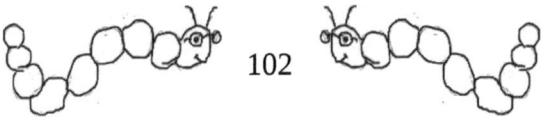

Und es gibt noch einen kuriosen Baum in Namibia. Auch er ist schon sehr alt. Das ist der Köcherbaum. Der sieht aus wie ein Baum, ist aber in Wirklichkeit gar keiner. Im Internet wird er als spargelartiges Grasbaumgewächs oder Baumaloe bezeichnet. Das mag ja wissenschaftlich alles ganz richtig sein, erklärt aber nicht, warum dieses Gewächs von den Einheimischen als Köcherbaum bezeichnet wird. Wir erfuhren es in der Nähe von Keetmannshoop, wo sich ein ganzer Köcherbaumwald befindet. Er steht ebenfalls auf Privatgelände. Der Besitzer, der auch den Eintritt kassiert, gab uns ein Merkblatt in die Hand in dem stand es. Dort war nachzulesen, dass der Name von den hier heimischen Buschmännern stammt. Diese wussten ja für alles was die Natur bot eine sinnvolle Verwendung zu finden. Beim Köcherbaum waren es die Äste. Sie waren mit einer äußerst harten Außenrinde umgeben. Die Buschmänner höhlten deshalb die Äste aus und verwendeten sozusagen die Außenrinde. Diese eignete sich sehr gut als Köcher zur Aufbewahrung ihrer Pfeile. So wurde daraus der Name der Pflanze KÖCHERBAUM. Übrigens ist der Köcherbaum ein Wahrzeichen Namibias und sogar auf Münzen zu finden.

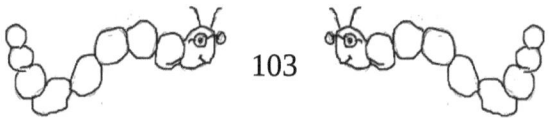

Der Himmelsstein

Es war vor etwa achtzigtausend Jahren, tief in den Savannen Afrikas. Dort zogen Horden unserer Vorfahren auf der Suche nach Nahrung umher. Vielleicht trugen sie schon Fellröckchen und Umhänge aus Tierhäuten, vielleicht waren sie auch noch nackt. Egal! Es gab für sie wichtigeres als die Bekleidungsfrage. Der Anführer der Horde war ein stattliches Männchen mit etwas groben Gesichtszügen und reichlich Körperbehaarung. Seine Horde bestand aus mehreren Halbwüchsigen, Frauen und reichlich Kindern. Reichlich Kinder waren wichtig. Wenn es auch das Männchen nicht nach heutigen Maßstäben begründen konnte. Es wusste instinktiv, dass es wichtig für das Weiterbestehen der Horde war. Doch gerade in den letzten Tagen waren einige der Kleinen gestorben. Die Mütter hatten teilweise zu wenig Milch. Andere, die schon feste Nahrung zu sich nahmen, hatten unbekannte Früchte verzehrt. Diese waren ihnen wohl nicht bekommen. Und nun auch noch die hereinbrechenden Unwetter. Da sie sich die Naturgewalten nicht erklären konnten, machten sie höhere Wesen, Götter, dafür verantwortlich. Die Wesen oben über den Wolken hatten wohl wieder einen Streit untereinander. So etwas kannten sie auch. Bei Futterknappheit, oder wenn eine andere Horde in ihr

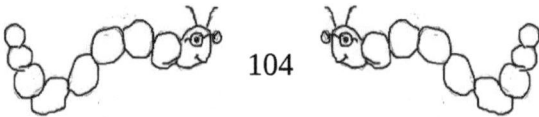

Gebiet eindrang. Sie wussten, wenn die oben stritten, war das nicht gut für sie. Und es wurde höchste Zeit, dass sie einen sicheren Unterschlupf fanden bis die Himmlischen sich beruhigt hatten. Sie erinnerten sich, der letzte hatte stark nach Raubkatze gerochen. Sie hatten Fellreste und viele Knochen von Tieren darin gefunden. Aber alles war besser als der heftige Wind und die unheimlichen schwarzen Wolken am Himmel, aus denen immer wieder reichlich Wasser herunter fiel.

Die Horde war fast am Ende ihrer Kräfte. Da entdeckte eines der Kinder zufällig einen trockenen Platz unter einer Felswand. Schnell machten sich alle dorthin auf den Weg. Gerade begannen die Götter wieder damit sich oben am Himmel zu streiten. Sie hörten es deutlich an dem donnernden Getöse, welches in der Luft lag. Ängstlich kuschelten sich alle aneinander, die Köpfe tief unter den Armen versteckt. Der Anführer stimmte eine Art Gesang an, der alle, einschließlich der Himmlischen beruhigen sollte. Das hatte bisher meistens geklappt. Obwohl das Treiben der Himmelsmächte für alle unergründlich und nicht nachvollziehbar war. In ihren Vorstellungen zogen die Himmlischen ebenso wie sie umher, immer auf der Suche nach etwas Essbarem und Wärme. Doch im Unterschied zu ihnen hatten sie oben eine heiße rote Blume, die Wärme schenkte und böse

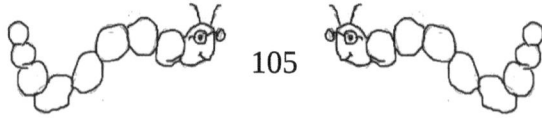

Tiere fern hielt. Manchmal fiel ein Stück davon herunter auf die Erde. Wenn sie Glück hatten, traf es einen Baum oder wenigstens einen großen Ast. Dann konnten sie sich etwas davon mit in die Höhle nehmen, sich daran wärmen oder sogar ihr Fleisch damit zubereiten.Sie hatten gelernt, dass es so viel besser schmeckte und bekömmlicher war. Doch leider hatten sie keine Möglichkeit das Feuer mitzunehmen wenn sie weiter zogen. Sie hatten es versucht, doch es brannte sich durch Fellstücke und Holzteile. In der Hand halten konnten sie es auch nicht. Dazu waren ihre Hände nicht geeignet.

Heute aber hatten sie Glück. Gerade hatten sie den trockenen Platz erreicht , da schickten ihnen die Himmlischen ein Stück der roten heißen Blume herunter. Direkt in den alten Baum vor der Höhle. Schnell liefen sie hinaus und trugen die heiße Blume herein. Nun konnten sie sich wenigstens wärmen, wenn sie schon kein Fleisch hatten. Kaum waren sie mit dem Feuer, denn nichts anderes war die heiße Blume, wieder in der Höhle, wurde der Donner immer heftiger. Als sie nachschauen wollten, wie heftig es werden würde, zogen sie schnell wieder den Kopf zurück in die Höhle. Heute zankten sich die Himmlischen so heftig, dass sogar Steine von oben herunter fielen. Ein Weibchen hatte sogar einen auf den Kopf bekommen und blutete

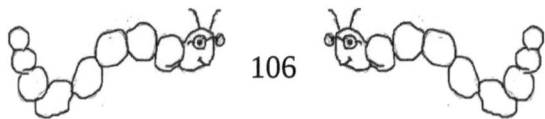

nun stark. Jaulend und wimmernd lag sie in der hinteren Ecke und wollte nicht berührt werden. Draußen ging derweil der Lärm weiter. Es pfiff, rauschte und dröhnte, dass man meinen konnte der Himmel fiele komplett herunter. Plötzlich für einen Moment Totenstille. Alle dachten es wäre vorbei. Doch weit gefehlt, nun begann etwas Fürchterliches. Der Himmel färbte sich blutrot. Unmassen von Himmelsfeuersperen zuckten darüber und ein ohrenbetäubendes Geräusch machte alle fast wahnsinnig vor Angst. Und dann brach richtig die Hölle los. Über die Berge kam ein riesiger rotglühender Berg geflogen. Er zog einen unendlich langen Feuerschwanz hinter sich her. Er brauste direkt über ihre Köpfe hinweg, immer weiter in Richtung Grasland. Dabei kam er immer tiefer herunter. Das konnten sie deutlich erkennen, auch wenn sie sich vor Angst eng aneinander drückten und nur vorsichtig über den Rücken des Nebenmannes blickten. Weit hinten im Grasland schien er zu verschwinden. Doch er war nicht wirklich verschwunden, wie sie bald darauf feststellen mussten. Mit gewaltigem Getöse bohrte er sich in die Erde. Die ächzte, stöhnte und schüttelte sich unter diesem Schlag. Sogar die mehrere Kilometer entfernt hockende Horde wurde davon noch durchgeschüttelt. Nicht lange danach raste eine dicke heiße Staubwolke direkt auf den Felsen zu. Sie hüllte die gesamte Horde ein.

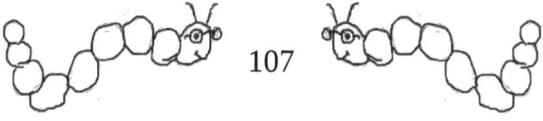

Es dauerte lange, bis sich jemand unter der Staubschicht bewegte.
Nur wenige hatten dieses himmlische Inferno überlebt und verließen
nun tief traumatisiert diese Gegend.

Später malen sie dieses einschneidende Lebensereignis als Bild auf die
Felswand.So wurde es von Generation zu Generation weiter getragen.
Mit veränderter Lebensweise änderte sich auch immer wieder ein Teil
der Erzählung. Besonders so lange alles noch mündlich weiter
gegeben wurde. Es war wie bei dem Spiel „Stille Post". Da verändert
sich das Gesagte auch mit jedem, der es weiter gibt. So kann es auch
hier gewesen sein. Später entstanden daraus möglicherweise auch die
ersten Schilderungen eines himmlischen Strafgerichts.

Viele tausend Jahre später lebten wieder Menschen in diesem Gebiet.
Es hatte sich seit damals landschaftlich stark verändert und bestand
jetzt aus gelbem Sandboden, der nur mit viel Mühe etwas Ernte hervor
brachte. Doch die Menschen waren hartnäckig, gruben tiefe Brunnen
und begannen Felder anzulegen. Dabei stießen sie vor etwas mehr als
hundert Jahren in geringer Tiefe auf einen gewaltigen Stein von ca. 3-
4 m im Durchmesser. Das Gewicht musste gewaltig sein, denn sie
konnten ihn nicht aus der Erde bekommen, so sehr sie sich auch
mühten. Später stellte sich dann heraus, dass dieses „Steinchen" das
stattliche Gewicht von 55 Tonnen (!) auf die Waage bringt. Die

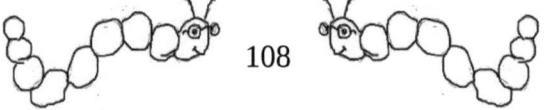

Menschen erkannten, dass er vom Himmel gefallen sein musste und überwiegend aus Eisen und Nickel besteht. Heute ist dieser Meteorit, denn um einen solchen handelt es sich, eine große Touristenattraktion und ein Muss auf jeder Tour durch Namibia. Bekannt geworden ist er unter dem Namen **„Hoba-Meteorit".** Er ist einer der bekanntesten Meteoriten im südlichen Afrika, aber bei weitem nicht der Einzige. Vor und auch nach ihm fielen viele große Meteoriten auf die afrikanische Erde. Etliche davon landeten in neuerer Zeit in Museen und *w*issenschaftlichen Einrichtungen zwecks Untersuchung. Manchen jedoch wurde besondere Aufmerksamkeit zuteil. Es waren alles recht große Exemplare. Deshalb wurden sie auserkoren in der Hauptstadt Namibias einen ganzen Platz gestalten zu helfen. Direkt in der Nähe der Hauptgeschäftsstraße wurde ein Platz hergerichtet, die Meteoriten auf Sockel gestellt und mit Herkunftsschildern versehen, damit die Leute sie bestaunen können.

Felszeichnungen und Fels-Ritz-Zeichnungen

eine uralte Welwetschia   und   ein versteinerter Baum

ein Köcherbaum   der Hoba-Meteorit

Platz der Meteoriten
in Windhoek

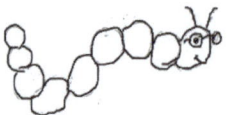 110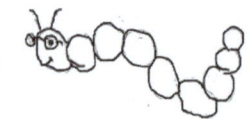

Ja, Steine, die sind immer wieder interessant. Besonders die glitzernden, die für die Damenwelt, erregen immer wieder Aufmerksamkeit. Es gab ja schon viele Berichte darüber, dass gerade im Süden Afrikas riesige Diamantfunde gemacht und sogar unterirdisch abgebaut werden.

Doch das südliche Afrika bietet viel mehr als nur Diamanten.

Glitzernd bunte Steinwelt

Neben diesen wertvollsten aller Edelsteine gibt es auch noch die sogenannten Halbedelsteine. Dazu gehören Tigeraugen, Rosenquarz, Malachit und noch weitere, deren Namen mir im Moment nicht einfallen. Aus all diesen schönen Steinen wird Schmuck und Dekoration für die Wohnzimmer hergestellt. Woher ich das weiß? Ich habe einen der Betriebe, in denen die Herstellung stattfindet besucht. Ich spreche von dem Werk in Simonstown. Simonstown liegt südlich von Kapstadt und ist die letzte Ortschaft vor dem „Kap der Guten Hoffnung"-Nationalpark.

Doch jetzt wollte ich ja von dieser Fabrik berichten. Sie ist eigentlich recht unauffällig und liegt am nördlichen Stadtrand. Es ist ein graues Gebäude. An der Wand hing eine Tafel auf der stand „Scratch Patch".

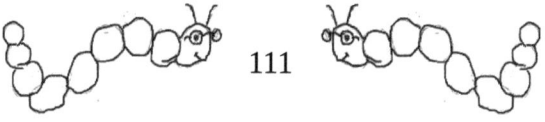

Na gut, aber *was* war *Scratch Patch* ? Sollte **das** etwa das Werk sein? Wir schauten meinen Cousin, der uns hier her geführt hatte, kurz an, nickten und begaben uns auf den Weg. Über einen gewöhnlichen Hof führte er uns zu einer unscheinbaren Tür. Er stieß sie auf und vor uns befand sich eine steile, aufwärts führende Holztreppe. Durch eine Handbewegung bedeutete er uns hinauf zu steigen. Fragend blickten wir ihn an. Doch er sagte nichts, grinste nur. Na also dann...

Schnaufend erklommen wir die Treppe. Am oberen Ende wieder eine Tür. Neugierig geworden öffneten wir sie. Plötzlich schlug uns Lärm entgegen. Vor uns lag ein Steg aus Gitterrosten, breit wie ein Fußweg und beidseitig mit einem Geländer versehen. Als wir hinaus auf diesen Weg traten, befanden wir uns hoch über dem Maschinenpark einer Werkhalle. Unter uns rumpelten lauthals riesige, Betonmischern ähnliche, Trommeln. Von einem Fließband wurden sie mit unscheinbaren Steinbrocken befüllt, etwas Wasser dazu und dann rumpelte es los. Nach einer Weile hielten die Trommeln an und kippte seinen Inhalt auf ein weiteres Band, welches die Steine zur nächsten Trommel beförderte. Dieser Vorgang wiederholte sich noch mehrmals. Jedes Mal waren die Steine blanker und farbiger geworden. Und wir sahen die ganze Zeit von oben zu, ohne dass auch nur einer der Arbeiter von uns Notiz nahm. Dabei hatten sie uns doch gesehen.

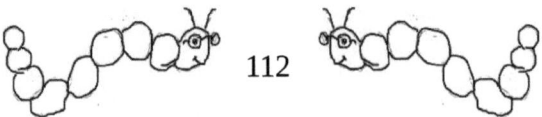

Einige hatten sogar herauf gewinkt. Gab es hier keinen Werkschutz? Keine Kontrollen? Keine Überwachung? Als ich meinen Cousin danach fragte, meinte er: „Wozu Kontrollen? Die Maschinen sind dort unten, wir hier oben." Und was ist mit Werkspionage und all diesen Sachen, die man immer in Filmen sieht? Wenn wir nun gar Spione sind, die Sabotage verüben wollen? Da würde wir nicht weit kommen, meinte er lachend. Kameras gibt es schon, aber warum sollen die Besucher verärgert werden. Das fanden wir schon sehr ungewöhnlich. Doch es ging ja noch weiter. Unser Weg an der Decke der Werkhalle führte uns weiter zu den nächsten Bearbeitungsschritten. In der nächsten Halle wurden die fertig geschliffenen Steine von fleißigen Händen weiter verarbeitet. Nun konnten wir deutlich erkennen, dass es sich dabei um verschiedenfarbige Halbedelsteine handelt. Es wurde geschliffen, gefeilt, gebohrt, Drähte gebogen und geleimt. Weil dabei ganz feiner Staub aufgewirbelt wurde, war zwischen uns und den Arbeitern, genauer gesagt Arbeiterinnen, eine Glasscheibe. Das war zu unserem Schutz, wie mein Cousin erklärte. Die Arbeiterinnen selbst trugen Mundschutz. Staunend beobachteten wir, wie aus den Steinchen und dem Draht kleine Edelsteinbäumchen entstanden. Andere stellten Ketten und Ringe her. Und wir konnten ihnen bei jedem Arbeitsschritt genau auf die Finger schauen. Es verblüffte mich

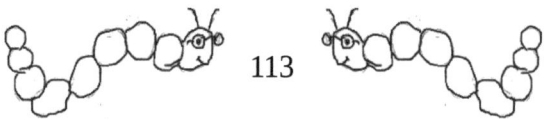

immer wieder, wie offen wir durch den gesamten Arbeitsprozess laufen durften, ohne irgendeine Begleitung oder Aufsicht. Trotzdem muss ich gestehen, der Weg war geschickt angelegt. Er endete nämlich im Verkaufsraum. Dort konnten Stücke, ähnlich denen, die wir gerade in der Herstellung bewundert hatten, erworben werden. Und was ich noch bemerkte war, es gab einen weiteren Zugang, der direkt zum Verkaufsraum führte, ohne den Weg durch das Hallendach nehmen zu müssen.

Ach ja, eine weitere Attraktion befand sich neben diesem Eingang. Es war ein gartenähnlich angelegtes Gelände mit einem Bach, einer darüber führenden Bücke und einer etwas im Hintergrund befindlichen offenen Höhle. Auf dem Boden dieses Geländes lagen lauter bunte Halbedelsteine, ähnlich denen, die wir gerade in der Fabrik gesehen hatten. Die Steine lagen nicht nur vereinzelt. Es war eine richtig dicke Schicht aus Steinen. Das Ganze wurde „Steingarten" genannt. Die darin befindlichen Steine waren alles fehlerhafte Exemplare mit Rissen, Einschlüssen oder anderen Defekten, wie ich von meinem Cousin erfuhr. Und das schönste daran war, man konnte sich dort gegen einen kleinen Obolus Steine aussuchen und mitnehmen. Das ließ ich mir natürlich nicht zwei Mal sagen und bediente mich nach Herzenslust. Na ja, eigentlich bekam

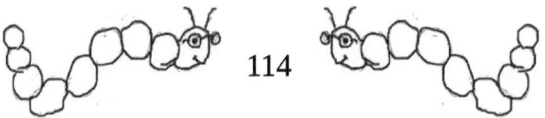

man für den Obolus ein kleines Tütchen zum Füllen. Doch wer große Hosentaschen, Platz in den Schuhen oder anderen Kleidungsstücken hatte, konnte die Tütengröße damit deutlich erweitern. Ob das legal war? Keine Ahnung! Der Pförtner des Steingartens stand jedenfalls grinsend neben seinem Häuschen und sah uns amüsiert zu. Noch heute habe ich einen großen Glasbehälter mit Steinen von dort als Dekor auf meinem Regal stehen.

Wege durch das Land

Steine gibt es aber auch in kleingemahlener Form, als Schotter auf vielen Straßen. Die nennen sich Pad und sind neben den ebenfalls vorhandenen Teerstraßen die Verkehrsadern des Landes. Zum Teil führen sie auch durch Flussbetten und über Farmgelände. Meist sind diese Flussbetten ohne Wasser oder nur ein kleines Rinnsal läuft hindurch. Dann ist die Durchquerung absolut ungefährlich. Man muss nur die Neigungswinkel der Uferböschung beachten, um nicht mit der Bodenwanne des Autos aufzusetzen. Regnet es aber im Gebirge so können ganze Sturzfluten plötzlich mit gewaltigen Kräften angedonnert kommen. Aus einem harmlosen Rinnsal kann innerhalb

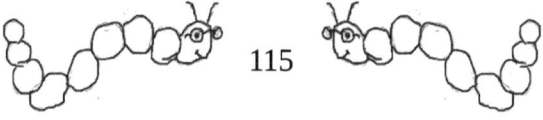

von Minuten ein reißender Fluss werden, der alles mitreißt. Dazu fällt mir eine Episode ein, die wir 2006 in Namibia genauer gesagt in dem kleinen Ort Omaruru, erlebten:

Wir hatten die im Ort Omaruru ansässige Wurzelholzschnitzerei Tikoloshe besucht. Wir, das waren meine Mitreisende Elsa und ich. Beide lieben wir Figuren aus Holz und die aus Wurzelholz sind alles einmalige Originale. Sie enthalten Knorren und Verwachsungen. Manchmal kann man es nur von einer Seite als Figur erkennen. Ganz tolle Stücke da dabei! Beim Herumschauen und Auswählen der Stücke waren wir mit dem Besitzer der Wurzelholzschnitzerei Paul ins Gespräch gekommen. Er war deutscher Herkunft. So war die Unterhaltung für uns entspannter als in englisch. Er gab uns auch einige interessante Tipps für die weitere Reise. Unter anderem erzählten wir in diesem Zusammenhang, dass wir etwas von einer Weinkelterei im Ort gelesen hätten. Das sollte unsere nächste Station werden. Diese Weinkelterei kannte er sehr gut. Den Eigentümer bezeichnete er sogar als seinen Freund und bat uns Grüße auszurichten. Was wir gern zusagten. Zum Abschluss unseres Gesprächs baten wir Paul uns den Weg zur Weinkelterei zu erklären, da er in unseren Unterlagen nicht genauer beschrieben war. Daraufhin

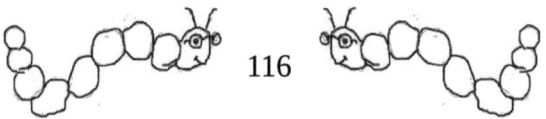

meinte Paul, wir sollten zurück bis zur Hauptstraße, dort wäre dann ein Hinweisschild, welches uns den Weg weisen würde. Wir bedankten uns, packten die gekauften Tiere ein und fuhren los. Zwei Mal fuhren wir die Hauptstraße auf und ab ehe wir das winzige Schild entdeckten. Es wies auf eine abbiegende Seitenstraße hin. Dieser folgten wir. Plötzlich stand mitten auf der Straße eine Absperrung mit dem Hinweis: *„ROAD CLOSED"*. Was übersetzt: *„Straße geschlossen"* heißt. So so, die Straße durfte also nicht benutzt werden. Warum fuhren dann alle um das Schild herum ohne es weiter zu beachten? Hatten die Bauarbeiter etwa vergessen das Schild wegzuräumen? Wir guckten uns gegenseitig an und beschlossen das Schild ebenfalls zu ignorieren. Wenige Meter weiter kamen wir an ein breites Flussbett. Die Straße kreuzte dieses. Wir beobachteten, dass alle einfach hindurch marschierten. Die Böschung war nicht sehr hoch und flach angelegt, als offizielle Durchfahrt für Autos. Das war keine Besonderheit, gab es an jedem Pad. Doch da wir ja in einem etwas größeren Ort waren, sahen wir uns die Sache erst einmal vom Ufer her an. Der Sand sah etwas feucht aus. Mittendrin plätscherte ein winziges Rinnsal. Das konnte doch für uns keine Gefahr sein. Da hatten wir schon Straßen, die Flüsse mit weit mehr Wasser querten, befahren . Vorsichtig fuhren wir hinunter. Oh, der Schwemmsand war rutschiger

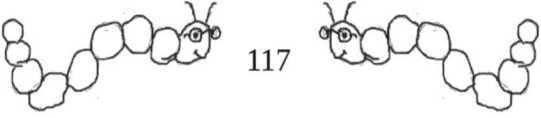

117

als gedacht! Nur gut, dass wir auf Allrad umschalten konnten. Mit Schwung fuhren wir hindurch. Das half uns auch besser am gegenüberliegenden Ufer wieder hinaufzukommen. Ein Stück weiter sahen wir ein weiteres Schild, welches uns in Richtung Weinkelterei schickte.

Nach weiteren zwei Kilometern Fahrstrecke kamen wir endlich am Ziel unserer Wünsche an. Hier nun taten wir, weshalb wir hergekommen waren. Wir probierten, oder wie man dort sagt, wir testeten verschiedene Weinsorten. Dabei kamen wir natürlich mit dem Besitzer ins Gespräch. Zu unserem Glück sprach auch er deutsch. Als erstes übermittelten wir die uns aufgetragenen Grüße von Paul. Damit hatten wir auch gleich ein gutes Gesprächsthema. Irgendwie kamen wir dann auf Pauls Wegbeschreibung und unsere gefahrene Strecke zu sprechen. Dabei sahen uns unsere Gastgeber auf einmal so merkwürdig an, dass wir unseren Bericht unterbrachen. Natürlich wollten wir wissen, was plötzlich los war. So erfuhren wir, dass es sich keineswegs um ein vergessenes sondern ein bewusst aufgestelltes Sperrschild gehandelt hatte, welches wir so dreist ignoriert hatten. Den Grund für das Schild war nämlich eine Unwetterwarnung für das nicht weit entfernt liegende Gebirge und damit zusammenhängend als Warnung vor der zu erwartenden Flutwelle herausgegeben worden.

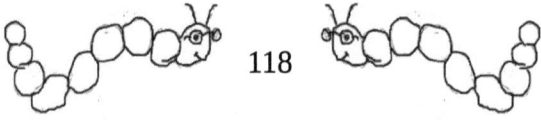

Das kam im örtlichen Radiosender. Und da dieser Sender immer sehr zeitnah informierte, war der Zeitpunkt an dem die Welle kommen sollte für einen Zeitraum festgelegt, der etwa dreißig Minuten nach unserer Flussdurchquerung lag. Jetzt waren wir es, die blass und still wurden. Denn wie schon erwähnt, kommen diese Wellen schnell und sehr gewaltig von den Bergen herabgedonnert. Sie reißen alles mit, was sich ihnen in den Weg stellt, egal ob Stein, Baum oder ein Auto mit Insassen. Insgeheim dankten wir unseren Schutzengeln. Den Rückweg traten wir dann über einen Weg an, der über eine Brücke führte. Diesen Weg hatten uns die Besitzer des Weingutes erklärt. Auch wenn dieser Weg etwas länger war, er war auf alle Fälle sicherer. Auf allen meinen Reisen in Südafrika und auch in Namibia waren wir stets privat unterwegs. Klar, bei der Organisation der Reisen hatte ich Hilfe. Das hatte ich ja schon mehrfach erwähnt. Waren wir aber erst einmal gestartet, so waren wir unsere eigene Reisetruppe. Wir hatten unsere Unterkünfte. Damit wussten wir bereits am Morgen, wo wir am Abend ankommen und schlafen würden. Und wir hatten unser Auto. Mit diesem waren wir tagsüber unterwegs und konnten tun und lassen wonach uns beliebte. Egal ob wir in einem Nationalpark oder irgendwo im Lande unterwegs waren. Aber stets wir waren auf uns allein gestellt. Den größten Horror hatte ich immer davor irgendwo im

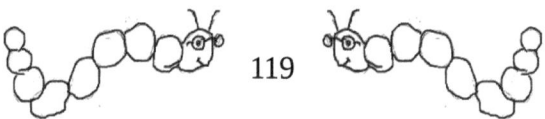

Nirgendwo eine Reifenpanne oder einen anderen Defekt am Auto zu haben. Manchmal sahen wir stundenlang keinen anderen Menschen oder gar ein Auto. Und wie ich aus Berichten anderer Reisender wusste, gab es Gegenden, in denen man mehrere Tage keinen Menschen begegnete.

Doch davor blieben wir zum Glück bisher verschont. Unsere Erlebnisse waren meist angenehmer Natur. Gut, ich gebe zu, manchmal gab es schon so einen leichten Schauer, der über den Rücken lief. Das waren aber alles Situationen, die wir allein bewältigen konnten oder besser mussten.

Auf Abwegen

Es war im Jahr 1998. Mein Mann und ich waren in Südafrika unterwegs, wie immer mit einem Mietwagen und wie immer allein. Unser nächstes Ziel war Oudtshoorn in der Kleinen Karoo. Da wir aus Richtung der Weinanbaugebiete kamen, wollten wir mal eine andere Route ausprobieren und über den Prince Albert-Road und die Swartberge in Tal fahren. In unseren Reiseunterlagen hatten wir den passenden Hinweis dazu gefunden. Die Route sollte landschaftlich sehr schön, ein wenig anspruchsvoll, aber abwechslungsreich sein. So

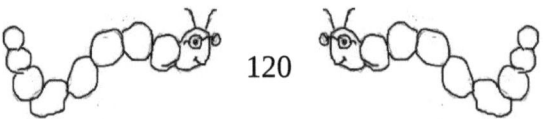

stand es zumindest in unseren Unterlagen. Das Wetter spielte prächtig mit. Klärchen strahlte über das ganze Gesicht und auch wir waren gut gelaunt. Es schien wie immer eine angenehme Tour zu werden. Die ersten dreihundert Kilometer kamen wir auch gut voran. Wie sagt man so schön „Es rollte sich so weg". Bisher war es auch eine der großen Straßen, vergleichbar unseren B-Straßen, gewesen. Nun hieß es aufpassen, gleich musste der Abzweig nach dem Ort Prince Albert kommen. Nach wenigen Minuten war der Abzweig erreicht, wo ein großes Schild mit der Aufschrift „Prince Albert-Road" in die gewünschte Richtung zeigte. Wohlgemut wollten wir abbiegen. Doch was war das? Wieso standen da mitten auf der Straße eine ganze Reihe große, rot-weiß gestrichene Tonnen aufgereiht? Mittig dazwischen befand sich ein rundes Verkehrsschild. Es war rund, mit rotem Rand auf weißem Hintergrund. Darauf stand geschrieben: „ROAD CLOSED" Selbst mit unserem schlechten Touristenenglisch konnten wir : „STRASSE GESCHLOSSEN" übersetzen.

 Tja, da standen wir nun mit unserer tollen Idee im Kopf und keinem Schimmer wie weiter. Der Umweg über die Fernverkehrsstrasse wäre erheblich. Das würde uns mindestens hundertfünfzig Kilometer und fast drei Stunden mehr Zeit abverlangen. Darauf hatten wir absolut keine Lust. Während wir noch so am Straßenrand standen und

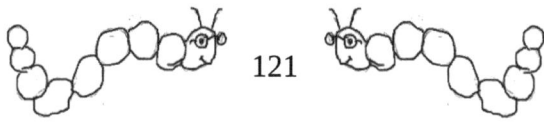

grübelten, näherte sich von der eigentlich gesperrten Seite ein Fahrzeug mit Einheimischen. Nanu, war die Straße nur von einer Seite gesperrt? Das wollten wir genau wissen. Also liefen wir, wild mit den Armen winkend in Richtung dieses Autos. Der Fahrer meinte anfangs, wir hätten eine Panne und benötigten Hilfe. Schnell klärten wir den Irrtum auf und erkundigten uns nach dem Grund der Straßensperrung. Worauf er mit Worten, Händen und Füßen erklärte, dass es in der letzten Zeit heftig geregnet hätte und der Fluss die Straße *ein bisschen beschädigt* hätte. Na ja, ein *bisschen beschädigt* klang ja nicht allzu gefährlich. Auf unsere Frage, ob man die Straße trotzdem befahren könne, nickten alle Fahrzeuginsassen zustimmend mit den Köpfen. Nun, die Einheimischen mussten es ja wissen. Außerdem waren sie ja aus dem Ort, also von der gesperrten Seite, gekommen. Wir beobachteten sie noch einen Augenblick wie sie die Tonnen umkurvten und setzten uns dann in die entgegengesetzte Richtung, also auf den Ort Prince Albert zu, in Bewegung. Auf den ersten zwei bis drei Kilometern waren überhaupt keine Straßenschäden erkennbar. Dann kamen ein paar Risse und Löcher im Belag.

Und plötzlich waren da nicht nur Risse. Ganze Straßenteile waren verschwunden. Von der Straße waren eigentlich nur noch Flickenreste vorhanden. Alles andere war weggebrochen. Von wegen *ein bisschen*

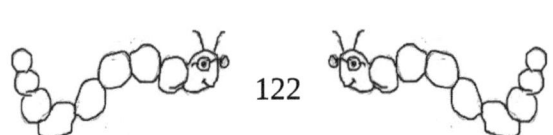

kaputt. Jetzt standen wir da mit unserem Auto, guckten uns an und überlegten ob wir weiter fahren sollten. Der Gedanke an Zurückfahren wurde geäußert. Dann aber schnell wieder verworfen. Zu weit waren wir bereits gekommen. Bis nach Prince Albert konnte es eigentlich nur noch ein Katzensprung sein. Wir schätzten es auf nicht mehr als drei Kilometer. Blieb also nichts anderes übrig als uns irgendwie von Flicken zu Flicken zu kämpfen. Das kaputte Stück war auch nur etwa geschätzte 300 m lang, führte aber als Brücke (ohne Geländer oder Randbegrenzung!) über einen Fluss. Es war der, der die Ursache für diese Katastrophe war. Doch was half es, wir mussten da jetzt durch! Damit das auch klappt, stieg ich aus und lotste (ganz vorsichtig!) meinen Mann über die noch vorhandenen Schollen und Bruchstücke der einstigen Asphaltstraße. Das funktionierte nur im Schneckentempo. Manchmal hing mehr als nur ein Rad halb über dem Abgrund. Rückwärts ging nun überhaupt nicht mehr. Schwitzend und mit gewaltigem Herzklopfen schlichen wir hinüber.

 Als wir es geschafft hatten, atmeten wir auf und blieben erst einmal stehen. Mein Mann, der konzentriert den Wagen gelenkt hatte, wollte sich nun die Bruchstraße ansehen, die er gerade überquert hatte. Er stieg dazu aus dem Auto und lief in Richtung Brücke. Nach nur wenigen Metern blieb er stehen. Mit bleichem Gesicht drehte er sich

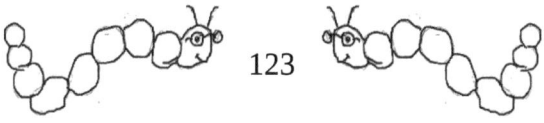

zu mir um, sagte aber kein Wort. Fast unter ihm brodelte der Fluss. Straßenränder konnte man nicht einmal erahnen. Und der Belag, na ja, wie schon gesagt, war nur noch in Andeutungen erhalten. Schweigend übergab er mir den Autoschlüssel.

Bis Prince Albert waren es nur noch maximal zwei Kilometer. Am ersten Café des Ortes hielt ich an. Eine starke Tasse dieses Getränks war das Mindeste, was jetzt für uns beide nötig war.

Die weitere Strecke bis ins Tal der Karoo war dagegen relativ harmlos. Bis auf Nebel auf der Bergspitze des Swartberg-Passes und rutschig seifigem Strassenuntergrund, hatte die Natur keine Aufregungen mehr zu bieten. Zum Glück muss ich sagen, denn noch mehr Aufregung wäre wohl an diesem Tag zu viel gewesen.

Menschliche Brathähnchen

Auch wenn es im ersten Moment lustig klingt, so ist die Ursache eigentlich Gedankenlosigkeit. Wir schrieben das Jahr 2000 und waren in Südafrika entlang der Garden Route unterwegs. Das ist am Indischen Ozean. Unser Quartier hatte wir in dem kleinen Ort Graaff-Reinet aufgeschlagen. Das ist ein Ort, der schon eine lange

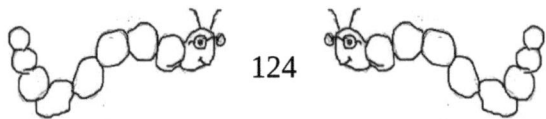

historische Geschichte aufzuweisen hat. Außerdem sollte es in der Nähe des Ortes eine geologische Besonderheit geben, das Valley of Desolation. Das wollten wir uns ansehen.

An einem sonnigen Morgen starteten wir. Das Valley sollte gleich hinter der nächsten Bergkuppe liegen und eine Art Nationalpark sein. Allerdings einer, der nur zu Fuß begehbar ist. Eigentlich sind wir ja so etwas wie `Auto gebunden`. Man könnte auch sagen, die Füße werden überwiegend für die Pedale im Auto benutzt. Doch hier wollten wir eine Ausnahme machen und unsere Füße zum Laufen benutzen. Bis zum Parkplatz am Eingang fuhren wir mit dem Auto. Es ging serpentinenartig bergauf, die gesamte Strecke. Unterwegs begegneten wir noch einer Kolonie Klippschliefer, auch Dassies genannt. Putzige kleine Nager, die aber angeblich mit den Elefanten verwandt sein sollen. Eine Vorstellung, die mir bei den pelzigen Gesellen schwer fällt.

Etwa auf halber Strecke legten wir eine Fotopause ein. Von hier aus hatte man einen herrlichen Blick über das gesamte Tal der Kleinen Karoo. Graaf Reinet lag darin eingebettet und ähnelte optisch einer alten Wagenburg. Doch so interessant dieser Ausblick auch war, unser eigentliches Ziel war ja das Valley.

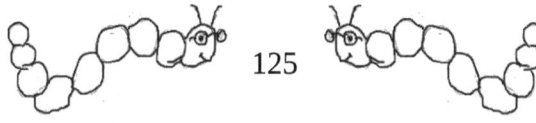

Endlich am Eingang angekommen, parkten wir das Auto und wechselten das Schuhwerk (zwecks besseren Laufvermögens und wegen der Trittfestigkeit auf steinernem Untergrund). Gleich am Parkplatz befand sich eine große Hinweistafel, dass es sich um ein Gebiet mit vielen großen Felsen in unterschiedlichen Verwitterungsstadien handelt, die zum Teil groteske Formen und Figuren bilden. Na, das klang ja richtig interessant. Ein mehr oder weniger guter Wanderweg führte um das gesamte Plateau herum und vorbei an allen wichtigen Figuren. „Na, dann wollen wir mal!", sagten wir zu uns selbst und starteten. Der Bequemlichkeit halber wählten wir den Weg im Uhrzeigersinn. Mittlerweile hatte sich die Sonne als Wandergeselle zu uns gesellt. Die meisten der zerfallenden Felsen befanden sich in den Schluchten rund um unser Plateau. Der Weg führte deshalb sehr nahe am Rand entlang. Größtenteils war er mit einem Geländer versehen. An manchen Stellen war sogar eine Art Balkon über den Rand hinaus angebracht, damit man auch interessante Dinge an der Felswand besser erkennen konnte. Da waren zum Beispiel große eingewachsene Bäume, die mit ihren Wurzel Felsteile herauszusprengen drohten, oder Nester großer Vögel. An manchen Stellen sprangen auch Klippschliefer dazwischen herum. Im Tal erkannten wir Figuren wie: eine alte Dampflok, einen erhobenen

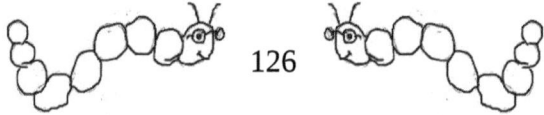

Zeigefinger und einen blühenden Busch. Bei anderen Formationen, die noch keinen speziellen Namen trugen, ließen wir unserer Phantasie freien Lauf und erfanden Namen wie zum Beispiel „Das Flugzeug", „Der Elefant" oder „Die Giraffe".

Doch es gab noch mehr zu entdecken als nur diese interessanten Felsen. Da es an den Tagen zuvor häufig geregnet hatte, hatte sich in tieferen Mulden entlang des Wegs Wasser angesammelt. Darin wimmelte es nun von Leben. Da schwammen Kaulquappen, Mückenlarven und so etwas wie Wasserflöhe. Erstaunlich wie die Natur alle Nischen, die sich ihr bieten, gleich ausnutzt. Dabei waren die Pfützen nicht einmal groß. Teilweise konnte ich mit einem Schritt darüber hinweg. Und solche Pfützen halten sich ja auch nur wenige Tage. Das Wasserleben hatte also nicht viel Zeit für seine Entwicklung.

Wir liefen, guckten, staunten, immer über Stock und Stein auf dem angezeichneten Rundweg. Offiziell war der gesamte Wanderweg mit einer Wanderzeit von 45 Minuten ausgezeichnet. Wir aber brauchten dafür mehr als die doppelte Zeit. Die Sonne blieb stets unser Begleiter. Irgendwann endet aber auch der schönste Wanderweg wieder auf dem Parkplatz. Jetzt erst bemerkten wir das Brennen auf unserem Gesicht. Doch nicht auf dem gesamten Gesicht, nur auf der linken Seite. Woran

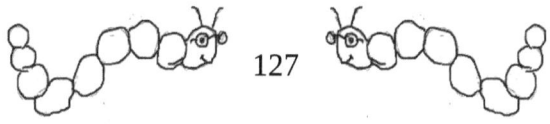

konnte das liegen? Wir rekonstruierten gedanklich noch einmal den Weg. Beim Nachdenken warfen wir den Kopf in den Nacken. Dadurch bekamen wir einen optischen Wink. Und plötzlich fiel es uns wie Schuppen von den Augen. Die Sonne war schuld! Der Wanderweg folgte dem Lauf der Sonne. Deshalb hatten wir sie stets ausschließlich auf unserer linken Seite. Unsere linke Gesichtshälfte zeigte sich also jetzt deutlich gebräunt, während die rechte blass war, wie zuvor. Zurück in der Unterkunft bezeichneten wir uns selbst lachend als *halbe Brathähnchen.*

Im Valley of Desolation

auf dem Spielplatz

der

Riesen

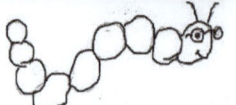 128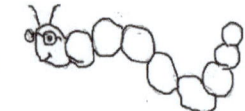

Und mit den Brathähnchen sind wir schon beim Thema Verpflegung. Viele fragen mich immer wieder, wie denn das Essen in Afrika so wäre. Sollte ich es mit einem Wort beschreiben, so fiele mir nur **lecker** ein. Doch bei genauerer Betrachtung ist es noch viel mehr. Auf alle Fälle ist es sehr reichhaltig und abwechslungsreich, viel Obst ist dabei, Gemüse, Fleisch. Ich habe Genüsse kennen gelernt, von denen ich zuvor nicht einmal wusste, dass es sie überhaupt gab. Zum Beispiel habe ich dort zum ersten Mal Butternut gegessen. Das ist eine Kürbisart, die sich geschmacklich allerdings etwas von unseren einheimischen Kürbissen unterscheidet. Inzwischen gibt es sie aber auch schon in unseren Kaufhallen. Sollten sie unbedingt mal probieren! Wer mich anruft, erhält sogar ein passendes Rezept dafür. Oder wussten Sie, dass es in Südafrika und Namibia essbare Pilze gibt?

Pilze in Namibia

Ich hatte schon viel davon gehört, aber noch nie welche gesehen, *Termitenpilze*. Und sie sollten sogar sehr begehrt bei den Einheimischen und der Tierwelt sein. Wie der Name schon sagt, wachsen sie direkt aus den Termitenhügeln heraus. Sie stammen aus den von den Termiten angelegten unterirdischen Gärten und dienen

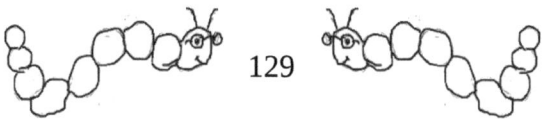

eigentlich deren Ernährung . Es sind regelrechte Pilzgeflechte, die in den Termitenbauten vorhanden sind. Da in den Bauten recht gleichmäßige Temperaturen herrschen und auch immer ausreichend Feuchtigkeit vorhanden ist, gedeihen die Geflechte gut. Kommt reichlich Regen von oben dazu, kommt es zu einem Wachstumsüberschuss. Ähnlich wie es auch bei unseren hiesigen Pilzen ist, bilden sich Fruchtkörper, die dem Licht zu wachsen. Sie durchstoßen das Dach des Baus und bilden einen Schirm aus. Das geschieht rasend schnell, praktisch über Nacht. Auf diesen Leckerbissen warten Mensch und Tier. Dann muss man sehr schnell sein. Bereits am frühen Morgen ziehen die Pilzsammler los. Sie wissen genau an welchem Termitenbau sie die begehrten Pilze finden. Diese sind aber auch nicht zu übersehen. Fast einen Meter hoch werden die Stängel. Und die Pilzschirme haben einen Durchmesser von fast fünfzig Zentimeter, größer als die bei uns heimischen Schirmpilze also. Mit zehn Pilzen bekommt man ein ganzes Dorf satt. Wie Termitenpilze schmecken? Nun, ich würde sie etwa mit dem Geschmack von Champignons vergleichen. Auch die Zubereitung ist ähnlich.

2011 habe ich selbst zum ersten Mal die Gelegenheit gehabt, sie zu probieren. Es war in dem Bergcamp „Aussicht". Eines Morgens

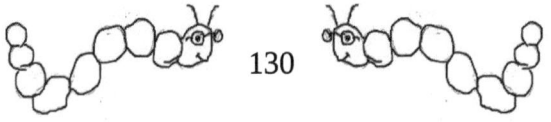

meinte unser Gastgeber, er wolle in die Pilze. Meinen Sohn, mit dem ich in jenem Jahr reiste, interessierte das mächtig. So stieg er also gemeinsam mit einem Farmarbeiter und dem Besitzer des Camps auf den Pick Up und los ging die rasante Fahrt, über Stock und Stein, quer durch das felsige Gelände an den Berghängen. Ja, unser Gastgeber kannte schon seine Stellen. Wie auch bei uns jeder Pilzsucher seine bestimmten Plätze hat. Nach etwa zwei Stunden kam ein völlig durchgeschüttelter, aber strahlender Sohnemann zurück. In der Hand trug er einen großen blauen Müllsack. Stolz zeigte er mir die „Ausbeute" der Fahrt. Der ganze Sack war voller riesiger Pilze. Sie hatten sie direkt an den Termitenbauten im unwegsamen Gelände geerntet.

Dieser Sack, oder besser sein Inhalt, reichte am Abend für die Versorgung von zwanzig Personen. Und ich muss sagen, sie waren ausgesprochen lecker.

Und mit dem Thema Termiten kommen wir zurück zur Tierwelt.

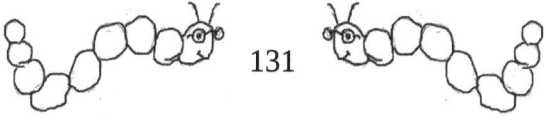

Tanja und Manja

Diese beiden Damen lernten wir in der Cheetah-Foundation in Südafrika kennen. Die Foundation liegt in der Nähe des Ortes Klaserie. Die Hauptaufgabe dieser Foundation besteht darin aufgezogene Wildtiere auf die Auswilderung vorzubereiten, Nachzuchten für die verschiedenen Parks bereitzustellen und Tiere aus anderen Teilen Afrikas aufzunehmen, sofern diese an ihrem Auffindeort unter unzumutbaren Bedingungen gelebt hatten. So hatten sie zum Beispiel ein Löwenpärchen, welches sie aus einem Zirkus in Zimbabwe gerettet hatten. Es war dort unter sehr schlechten Bedingungen, in einem viel zu engen Käfig und bei schlechtem Futter gehalten worden. Oder das Elefantenbaby, welches sie mit der Flasche groß gezogen hatten und welches durch die enge Bindung an den Menschen bisher die Auswilderung noch nicht geschafft hatte. Ja und dann waren da noch die beiden Nashorndamen Tanja und Manja. Sie alle lernten wir bei der Besichtigungstour kennen. Da die Tiere natürlich auf abgezäunten Flächen untergebracht waren, fuhren wir mit einem Safariauto der Foundation. Und die unterschiedlichen tierischen Bewohner hatten jeweils eigene Bereiche. Um zu den Tieren zu gelangen, musste jeweils ein großes Tor geöffnet und nach der Durchfahrt wieder fest verschlossen werden.

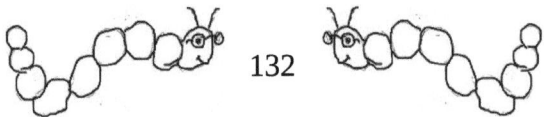

In einem dieser abgezäunten Bereiche nun waren unsere beiden Nashorndamen untergebracht. Die beiden hatten ein absolut gestörtes Verhältnis zu unserem Guide. Er hatte ihnen einige Monate zuvor versehentlich das Futter weggenommen. Ja, da waren die beiden sehr nachtragend. Das äußert sich unter anderem darin, dass sie ständig versuchen ihn zu schubsen, wenn sie es schafften ihn zu erwischen. Auch jetzt, als wir mit dem Tour-Auto angefahren kamen. Da sie uns schon gehört hatten, standen sie direkt am Tor, versperrten dieses mit ihren „zarten Leibern" und wollten den ungeliebten Guide nicht herein lassen. Erst beim dritten Versuch schaffte er es, das Tor zwecks Durchfahrt zu öffnen. Als wir hindurch waren, musste es aber auch wieder geschlossen werden. Die „Damen" aber hatten sich knapp 2 cm vor Kühlerhaube und Fahrertür postiert, sodass er nicht aussteigen konnte, ohne ihnen auf die Nasenhörner zu fallen. Dazu brüllten sie böse. Ja, wie jetzt die Gattertür schließen? Schließlich wurde die Krückstock-Methode angewendet. Die geht so: Man fahre rückwärts bis in Griffweite der Tür. Dann nehme man leihweise die Krücke eines Fahrgastes und angle nach dem Türgriff. Ist die Krücke eingehakt, fahre man langsamst etwas vorwärts und stoße damit gleichzeitig nach rückwärts die Gattertür zu. Dann vorsichtig wieder rückwärts und schiebe dabei das noch offen stehende Tor zu. Dann greife man durch

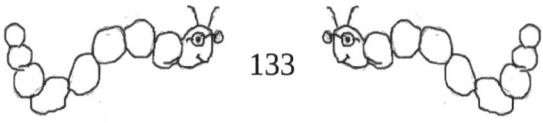

das hintere Seitenfenster (Aufgabe des Fahrgastes mit der Krücke) , hänge das Schloss ein und verschließe das Gatter endgültig. So, nun ist wieder alles gesichert, die Nashorndamen können dieses Mal keine Dummheiten mehr machen und die Gametour kann weiter gehen!

Die Geschichte vom diebischen Pinguin

Es war im Jahr 1996. Also auf meiner allerersten Reise nach Südafrika. Wir waren auf unserer Reise durch das Land am südlichsten Zipfel angekommen. Genauer gesagt im letzten Ort vor dem Kap der Guten Hoffnung. Der Ort hieß Simonstown. Ein verträumtes kleines Städtchen mit einer Architektur, die stark an die Zeit der zwanziger Jahre erinnert. So etwas sieht man heutzutage manchmal noch in alten Filmen. In diesem Ort wohnte nun also unser Gastgeber, mein Cousin. Sein Zuhause war ein selbst gebautes kleines Häuschen am Berghang. Von dort aus hatten wir einen wunderbaren Blick auf das Meer. Dieser Teil gehörte schon zum Indischen Ozean, war also etwas wärmer als der auf der anderen Seite des Kaps gelegene Atlantik. Begeistert fragten wir, wie es denn dann mit einem Bad im Ozean aussehen würde. Worauf mein Cousin erklärte, dass es

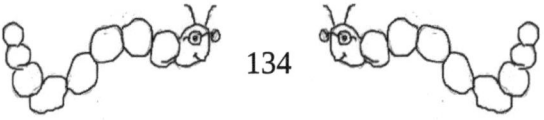

hier sogar einen richtigen Badestrand geben würde, der sogar noch eine interessante Besonderheit aufzuweisen hätte. Neugierig geworden schnappten wir Handtuch und Badesachen und zogen los. Die Kamera ließen wir vorsorglich zu Hause, da sie den feinen Sand nicht so gut vertragen konnte. Nachdem wir unseren Eintritt bezahlt hatten und hinein gegangen waren, sahen wir zuerst nur große Felssteine, die bis zum Wasser hinunterreichten. Na, wenn das ein Badestrand sein sollte? Aufmunternd nickte mein Cousin mit dem Kopf und zeigte, dass wir weitergehen sollten. Nachdem wir um die Steine herumgegangen waren, tat sich tatsächlich ein Sandstrand auf, der allerdings immer wieder mit einzelnen Felsen durchsetzt war. Und da war noch etwas.. ,da waren ganz besondere Badegäste. Sie trugen einen entzückenden Frack und watschelten, schnatternde Laute von sich gebend, ebenfalls in Richtung Wasser. Es waren PINGUINE! Genauer gesagt Brillen-oder auch „Jackass"-Pinguine. Das hatte keiner von uns erwartet, Pinguine in Afrika. Und zwar nicht nur ein paar einzelne Exemplare, sondern hunderte. (Aus Prospekten erfuhren wir, dass es sogar mehr als 2500 Tiere waren.) Eine ganze Pinguinkolonie wohnte hier, mitten zwischen den Badegästen, unter den Felsen und in selbst gegrabenen Löchern am Strand. Von den menschlichen Badegästen ließen sie sich gar nicht stören, ja sie

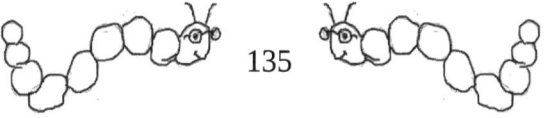

135

brüteten sogar in deren Nähe. Wir waren hellauf begeistert. Diese Überraschung war voll gelungen. Genau wie alle anderen breiteten wir unsere Decke aus, legten die Sachen und Handtücher darauf und stürzten uns ins Wasser. Mit etwa 17°C war es zwar nicht besonders warm, aber sehr erfrischend. Um uns herum schwammen und tauchten neben anderen Menschen auch die Pinguine. Als wir dann wieder zu unserer Decke zurückkamen, war diese voller Sand, die Sachen lagen durcheinander. Zuerst dachten wir herumtobende Kinder wären darüber gelaufen. Doch dann bemerkten wir, dass einige kleinere Kleidungsstücke und ein Handtuch fehlten. Gab es hier etwa Diebe? Ja, die gab es, aber anders als wir dachten. Mein Cousin machte uns auf sie aufmerksam. Sie wohnten unter dem Felsblock schräg hinter unserer Decke. Dort saß ein Pinguin und schaute uns mit schräg gestelltem Kopf dreist an. Und unter und neben ihm lagen unsere vermissten Sachen. Da hatte der Bursche es ausgenutzt, dass niemand die Decke bewachte und sich von den Sachen ausgesucht, was ihm brauchenswert erschien und in sein Nest geschleppt. Klar, Sachen sind ja auch schön weich, besonders wenn man ein gemütliches Nest auspolstern will. Die Leute von hier schienen das schon zu kennen und ließen immer einen Wächter bei den Sachen zurück, der den Dieb verscheuchen konnte. Nur wir ahnungslosen Touristen hatten das nicht

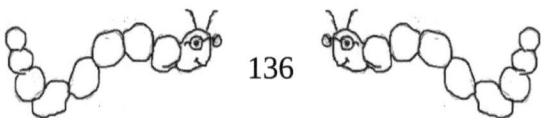

getan und mein lieber Cousin hatte auch nichts gesagt. Es war gar nicht so einfach, die gestohlenen Sachen zurück- zuerobern. Der Pinguin verteidigte seine Beute hartnäckig. Mit Ablenkung und allerlei Tricks gelang es uns, das Meiste zurückzubekommen, natürlich unter lebhafter Anteilnahme und Anfeuerung durch die anderen Badegäste. Nur ein T-Shirt mussten wir ihm am Ende doch überlassen. Da hatte er nämlich schon ein Ei darauf gerollt. Und anfassen durften wir die kleinen Frackträger ja nicht. Da achteten die Tierschützer des Strandes ganz genau darauf.

Gestatten: **Tanja und Manja**

Baden mit neugierigen Pinguinen in Boulders

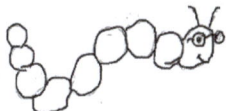 137

Tierisches Nachtleben

Man sollte es gar nicht glauben, selbst im Busch Afrikas gibt es ein reges Nachtleben. Klar, Disko machen die Tiere nicht gerade, aber Konzerte sehr wohl. Die Tiere haben damit sicher kein Problem. Wer damit allerdings mitunter ein Problem hat, sind die Touristen. Manche lauschen so angestrengt in die Nacht, dass sie darüber glatt das Schlafen vergessen. Dabei sind Buschnächte wunderbar dunkel, aber eben nicht mucksmäuschenstill. Ich will das mal an einem Beispiel erläutern:

Es war im Jahr 2000. Wir besuchten gerade den Addo-Nationalpark in Südafrika. Der ist besonders bekannt für seine Elefantenpopulation. Doch darüber später. Wir hatten die schönste Hütte im Camp, mit Sicht auf das Wasserloch und weit über das Gelände. Das fanden wir so toll, dass wir beschlossen an diesem Abend nicht ins Restaurant essen zu gehen, sondern uns selbst etwas zuzubereiten und es dann bei Kerzenschein auf der Terrasse vor der Hütte zu verzehren. Als Abschluss gönnten wir uns noch eine gute Flasche Wein. Da war es ringsherum schon finster geworden. Zu sehen war nichts mehr. Dafür bekamen wir ein Gratiskonzert der Schakale als Begleitmusik. Dazu leuchtete über uns ein herrlicher Sternenhimmel. Das faszinierte mich

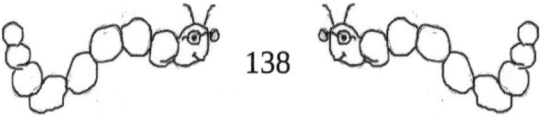

so sehr, dass ich beschloss Sternenhimmel **und** Schakalkonzert mit der Videokamera aufzunehmen. Doch scheinbar waren die Schakale anderer Meinung, was den künstlerischen Wert ihrer Darbietung betraf. Kaum hatte ich nämlich die Kamera angeschaltet, verstummten wie auf Kommando sämtliche Schakale. Enttäuscht schaltete ich die Kamera aus. Es dauerte gar nicht lange, dann begannen sie erneut. Also zweiter Versuch: Kamera an, Schakale aus. Hm, wieder nichts! Dritter Versuch: Kamera an, Schakale .. Mein Göttergatte feixte schon. Seinen Kommentar zu meinen vergeblichen Versuchen das Geheul der Schakale auf die Tonspur der Kamera zu bekommen lasse ich hier besser weg. Langsam wurden wir auch müde und beschlossen ins Bett zu gehen. Doch die Sache mit dem Schakalgeheul ließ mir keine Ruhe. Ich legte die Kamera neben das Bett, in der Hoffnung es könnte doch noch klappen. Mindestens drei Mal schwang ich mich noch aus dem Bett. Jedes Mal trickst en mich die Burschen aus. Dann gab ich enttäuscht auf. Mit anhaltendem Geheul im Hintergrund schlief ich dann doch ein. Noch bis in meine Träume hinein hörte ich sie heulen. Auf der Kamera aber war nichts davon.

Doch es gab noch mehr nächtliche Abenteuer. Eines davon erlebte ich in einem Inselcamp. Das Inselcamp befand sich, wie der Name schon sagt, auf einer kleinen Insel im Okavango-Delta. Man erreicht diese

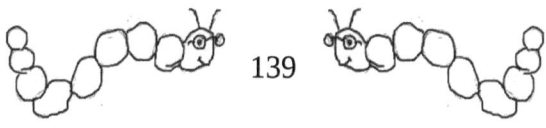

139

Camps entweder mit einem Floss oder indem man durch einen abgesteckten, sumpfigen Abschnitt im Fluß fährt. Was allerdings nur mit einem Allrad-Auto klappt. Unser Camp lag also auf einer solchen Insel. Schon diese Fahrt an sich war ein kleines Abenteuer. Wich man seitlich von der abgesperrten „Straße" ab, so landete man unweigerlich in tiefem Wasser oder blieb stecken. Schlussendlich erreichten wir aber ein direkt an einem Flussarm gelegenes Camp. Die Lage war phantastisch! Trocken und doch mitten im Fluß. Anstelle eines Gemeinschaftsraumes gab es eine auf hohen Stelzen stehende große Terrasse, zu der eine Treppe hinauf führte. Von dort aus hatte man eine gute Aussicht auf den Fluss. Untergebracht waren wir in auf dem Gelände verstreut angelegten runden Hütten, die im Stil an die Hütten der Einheimischen erinnerten. Dazwischen waren verschlungene Wege angelegt. Unsere Hütte stand etwa 100 m von der Terrasse entfernt. Darin wohnten wir zu zweit, meine Freundin und ich. Außer uns sahen wir im Camp nur die Angestellten herumlaufen. Wie wir dann beim Abendbrot erfuhren, waren wir an diesem Abend auch wirklich die einzigen Gäste. Deshalb hatte der Hausherr und Campeigentümer auch die Zeit, sich mit uns ein wenig ausführlicher zu unterhalten. Er erzählte uns, wie er das Camp erworben hatte und zeigte uns von der hohen Terrasse aus auch einige interessante Bäume,

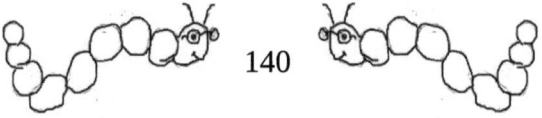

140

den Pool und den Weg zum Bootssteg. Dabei stellten wir fest, dass sich gar kein Zaun rings um das Camp befand. Das wurde uns auch vom Hausherren bestätigt. Er meinte, das wäre auch nicht nötig. Auf Grund der Insellage wäre hier alles absolut sicher. Das einzige, worauf wir achten müssten, wäre die Einschränkung für Schlafwandler. Wir guckten ihn erstaunt an. Nein, nicht wegen der Gefahr ins Wasser zu fallen. Dadurch dass alles offen ist, kämen nachts mitunter die Flusspferde zur Campinspektion. Es wäre also auf alle Fälle gut, nachts die Hütte nicht zu verlassen. Auch wenn es an der Tür raschelt, rumpelt oder gar klopft, auf gar keinen Fall öffnen! Es sei denn man möchte sein Bett anschließend mit einem Hippo teilen. (So ein Spaßvogel, die passten doch gar nicht durch die Tür!) Ein wenig Schiss hatten wir aber doch schon, nach dieser Ankündigung. Immerhin waren die Hippos dafür bekannt, dass sie sehr aggressiv werden können, wenn sie sich bedrängt fühlen.

 Neugierig waren wir aber auch. Die Nacht brach herein. Es war stockdunkel auf dem gesamten Gelände. Keine Laterne brannte. Nur die Sterne leuchteten. Um 22:00 Uhr wurde immer der Generator abgeschaltet, bis auf den Notstrom für die Küche. Wir lagen wach auf unseren Betten und lauschten in die Nacht. Es begann zu regnen. Die Geräusche der Wassertropfen auf dem Strohdach klangen zum

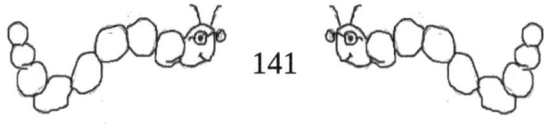

Einschlafen beruhigend. Wir aber lauschten auf Geräusche ganz anderer Art. Insgeheim hofften wir auf ein Hippo vor unserer Haustür. Doch kein Rascheln, Rumpeln oder Sonstiges war zu vernehmen. Irgendwann übermannte uns schließlich doch der Schlaf. Am Morgen schauten wir gleich vor der Haustür, ob irgendwelche Spuren nächtlicher Besucher zu sehen waren. Aber nichts. Nur ein paar freche Gelbschnabeltokos durchwühlten das Gras, zusammen mit Glanzstaren und anderen gefiederten Gesellen. Unsere Beschwerde am Frühstückstisch über das Ausbleiben der nächtlichen Besucher wurde jedoch nur mit einem lauten Lachen quittiert. Sie seien sehr wohl da gewesen. Aber eben nicht an unserem Häuschen, sondern in der Nähe der Küche, wo es viel leichter war, etwas Fressbares zu finden. Tja, das hatten wir nicht mitbekommen. Pech für uns.

Ein Morgen im Nationalpark

Am Morgen sollte man die Camps im Park so früh wie möglich verlassen, will man die Tiere an den Wasserstellen beobachten. Am Besten gleich wenn die Tore der Camps sich öffnen. Auch wir haben

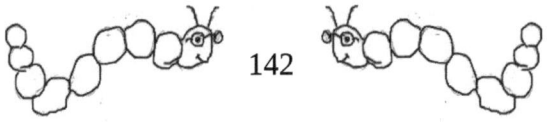

es fast immer so gehandhabt. Dabei ist mir folgende Episode in Erinnerung geblieben:

Es war im Etosha-Nationalpark. Wir übernachteten im Camp Halali, welches im östlichen Teil sozusagen das mittig gelegene Camp ist. Ringsherum gibt es viele Wasserstellen. Teilweise sind sie natürlichen Ursprungs, teilweise aber auch von den Rangern angelegt. Wir hatten uns für unsere Morgenrunde eine Rundtour auf der Karte ausgesucht, die wir abfahren wollten. Gleich kurz hinter dem Camp trafen wir auf eine gemischte Herde aus Zebras und Gnus. Diese beiden Tierarten trifft man sehr häufig gemeinsam an. Auch mehrere Jungtiere waren bei der Gruppe. Als Fotomotiv geradezu ideal. Die Straße führte direkt an den Tieren vorbei, sodass wir sie aus etwa einem Meter Entfernung ablichten konnten. Teilweise kamen sie sogar direkt bis ans Auto heran. Besonders die Jungtiere sind zur Freude aller Touristen sehr neugierig. Aber Vorsicht! Füttern ist strikt verboten. Das gilt nicht nur für Zebras, sondern für alle Tiere in Nationalparks.

Nachdem wir genügen Fotos von den Zebras geschossen hatten, fuhren wir gemächlich weiter. Rechts und links der Straße zog sich dichtes Kameldorngestrüpp und anderes Buschwerk entlang. An einer lichten Stelle lugte plötzlich ein Büffelkopf mit breiter Hornplatte

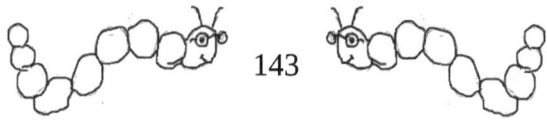

daraus hervor. Das hieß erhöhte Vorsicht für alle Autofahrer, da sämtliche Tiere im Park Vorfahrt haben. Nun hofften alle, die ebenso wie wir stehen geblieben waren, er möge sich im Ganzen zeigen und die Straße überqueren. Diese Hoffnung wurde gleich darauf erfüllt. Aber anders, als alle gedacht hatten. Es trat nämlich nicht nur dieser eine Büffel aus dem Gebüsch, sondern ihm folgten weitere nach. Jetzt war die ganze Straße von ihnen blockiert. Ähnlich unseren Kühen zogen sie gemächlich quer über die Straße. Dann entschlossen sich einige noch ein Mal zurückzulaufen, um an anderer Stelle erneut aufzutauchen. Der Zug der Büffel dauerte eine geschlagene halbe Stunde. Es müssen mehrere hundert Tiere gewesen sein.

Zwischen den Tieren durchfahren war keine Option! Es wäre zu gefährlich gewesen. Und wer möchte schon gern mit ihren breiten Hörnern Bekanntschaft machen.

Das Löwenschwein

Wenn wir so von Wasserloch zu Wasserloch fahren, beobachten wir natürlich auch unterwegs. Nun muß man sich das so vorstellen, dass die Sandwege zwar viel befahren, die Seiten aber mit hohem Gras bewachsen sind. In den Regenperioden sprießt es ganz rasant. Danach

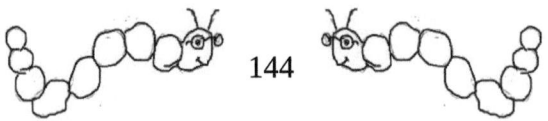

vertrocknet es zwar, wird aber natürlich nicht geschnitten. So kann es passieren, dass es rechts und links vom Weg bis zu 1,5 m hoch, dicht und vertrocknet steht. Sieht man dann in dem hohen Gras eine Bewegung, wird sofort angehalten, um zu überprüfen *was* sich da bewegt. Man darf zwar in einem Naturschutzpark nicht aus dem Auto steigen, doch Fenster runter oder Fernglas sind ok.

So handhaben wir das auch immer. Dabei kam es zu folgender kuriosen Beobachtung:

Fahrtempo etwa 30 km/h – raschelnde Bewegung im Gras – sofortiger Stopp – gucken. Nichts zu sehen – neugierig abwarten – plötzlich ein dunkler Rücken! Könnte ein Schwein oder gar ein Löwe sein! Löwe wäre toll. Also weiter warten. Fernglas nützt leider auch nichts. Auf ein Mal taucht ein Schwanz mit einem Puschel dran über den Grasspitzen auf. Noch immer rätseln wir, welches Tier an dem Schwanz dran hängt. Da bricht es mit einem Mal durch die Graswand und steht vor uns.

- Schade, kein Löwe, nur ein besonders massives, großes Warzenschwein! - Ein Löwenschwein eben!

Überfall in der Küche

Wir schrieben das Jahr 2017. Wieder hatte es mich nach Namibia gezogen. Dieses Mal in Begleitung einer alten Bekannten und einer jungen Dame im zarten Alter von 35. Und im Gegensatz zu meinen sonstigen Reisen stand nicht der nördliche, sondern der südliche Landesteil auf dem Reiseplan. Dieser Teil gilt im Allgemeinen als touristisch nicht so reizvoll. Mich jedoch reizte gerade das.

Wir waren bereits bis Keetmannshoop vorgedrungen. Dort wollte ich den beiden den Köcherbaumwald und den Spielplatz der Riesen zeigen. Deshalb wählte ich auch das Camp direkt am Eingang zum Köcherbaumwald. Wie immer waren wir von unserer Unterkunft überrascht. Dieses Mal sah sie aus wie ein Iglo der Eskimos, nur aus Plast. Halb in der Erde versenkt, bot es Schutz vor Sonne, Wind und fliegenden Plagegeistern. Doch das nur am Rande.

Am späten Nachmittag, nach unserer Rückkehr vom Spielplatz der Riesen, blieb bis zum Abendbrot noch ein wenig Zeit für die Erledigung der Urlaubspost. Das Wetter war mit 30°C angenehm warm. Es bot sich also an, die Post im Freien zu schreiben. Um es besonders bequem zu haben, plazierten wir uns im Vorgarten des Haupthauses. Dort gab es eine gemütliche Gartenlaube mit Stühlen und einem Tisch. Ich hatte mir, wie üblich wieder den größten Stapel

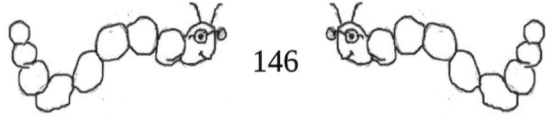

146

an Postkarten mitgenommen. Die anderen beiden hatten ihr Pensum von zwei Karten schnell bewältigt und beobachteten nun meine Fleißarbeit. Auf einmal näherte sich eine gewaltige Staubwolke dem Haus. Ihr entstiegen zwei ausgewachsene Warzenschweine. Sie stürmten bis zur Haustür. Wir saßen wie angewurzelt auf unseren Stühlen und trauten uns nicht zu rühren. Aufgeregte Schweine können sehr aggressiv sein. Mit der Schnauze stießen sie mehrmals gegen die Tür, bis diese nachgab. Nun stürmten die beiden weiter bis in die Küche. Ein Topf fiel polternd zu Boden. Doch die erwarteten Schreckensrufe und Chaosgepolter blieben aus. Was war dort drinnen nur los? War auch das Küchenpersonal in Schockstarre gefallen? Gerade überlegte ich, vorsichtig die Hausherren zu verständigen, als sich die Haustür erneut öffnete. Erst schaute ein Rüssel heraus, dann der zweite. Zwischen den beiden stand die Küchenmamsell mit einer großen Metallschüssel. Was sollte ich denn davon halten? Nach einer Geiselnahme sah das nicht gerade aus. Beide Schweine sahen erwartungsvoll aber ruhig auf die Schüssel. Die Mamsell stellte die Schüssel mitten auf die Wiese vor dem Haus. Nahm eine zweite Schüssel. Und teilte den Schüsselinhalt auf beide Gefäße gleichmäßig auf. Beide Tiere standen daneben, warteten aber ab. Erst als die Aufteilung beendet und die Schüsseln somit freigegeben waren,

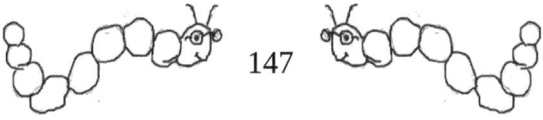

machten sie sich darüber her. Von der inzwischen herbei geeilten Hausfrau erfuhren wir, dass die beiden sozusagen zu den Haustieren gehörten. Sie waren mit der Hand großgezogen worden, liefen aber den lieben langen Tag frei in der Gegend herum. Nur abends zur Fütterungszeit kamen sie zum Haus. Und weil es zwei verrückte, verspielte Tiere waren, natürlich mit Karacho und Staubwolke. Nachdem sie gefressen hatten, inspizierten sie noch die nähere Umgebung des Hauses und legten sich anschließend zum Verdauungsschlaf mitten auf die Wiese. Von uns Gästen ließen sie sich überhaupt nicht stören. Also nix mit wilder Jagd und Küchenchaos.

von hinten

Zurück zu den grauen Riesen. Mit Elefanten haben wir noch weitere interessante Geschichten erlebt. Eine hatte ich ja ziemlich am Anfang schon erzählt, die von dem fotogeilen Exemplar. Doch es gab auch Situationen, da wussten wir anfangs nicht, ob wir es lustig finden sollten. Zum Beispiel, als wir an einem Hohlweg hinter einer Kurve plötzlich vor einem Elefantenhinterteil standen. Einen halben Meter weiter und wir hätten ihn angestupst. Ich weiß nicht, ob der Elefant das lustig gefunden hätte. Wäre er auf die Idee gekommen sich zu

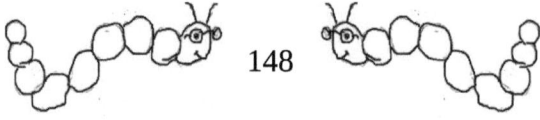

setzen, so wäre zumindest ein Teil unseres Autos extrem platt wie ein Pfannkuchen geworden. Die Sache war nur die, rückwärts konnten wir auch nicht. Da stand inzwischen schon das nächste Fahrzeug. Vorbei ging nicht, weil der Weg zu schmal war. Und vorn, vor dem Rüssel stand auch schon jemand. Dumm gelaufen! Hupen ging auch nicht, das hätte ihn erschreckt und wäre unserem Auto vermutlich ebenfalls nicht gut bekommen. Es blieb nichts anderes übrig als erst einmal zu warten. Als er aber nach weiteren zehn Minuten immer noch genüsslich Blätter vom Baum rupfte und gar nicht an eine Veränderung dachte, wurde es ärgerlich. Vorsichtig steckte ich den Kopf ganz weit aus dem Fenster und versuchte dem hinter uns stehenden Auto mit den Armen rudernd verständlich zu machen, dass wir gemeinsam sachte den Rückzug antreten sollten. Zum Glück verstand der Fahrer des anderen Autos sehr schnell, was ich wollte. So rollten wir gemeinsam rückwärts. Weitere sich uns von hinten nähernde Fahrzeuge bemerkten unser Manöver und schlossen sich uns an. Am Ende war es ein Rückzug von vier Fahrzeugen. Aufatmend hielt der ganze Tross auf der nächstmöglichen freien Fläche an. Ein kurzer Schwatz unter Touristen, lachendes auf die Schulter klopfen und jeder zog seines Weges.

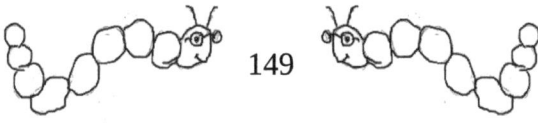

Ganz anders verlief die Begegnung mit einer Gruppe von Elefanten im Addo-Nationalpark von Südafrika. Dieser beherbergt bevorzugt Elefanten und wird deshalb mitunter auch *Elefantenpark* genannt. Er ist wesentlich kleiner als andere Nationalparks und direkt zum Schutz der Dickhäuter angelegt worden. Das ist übrigens der Park, wo mir auch die Sache mit dem Schakalgeheul passierte. Er liegt in der Nähe von Port Elisabeth und wer von dort kommt, wird sofort an der roten Autofarbe (die von der dort vorherrschenden roten Erde her rührt) erkannt.

Na jedenfalls wollten wir gleich am ersten Tag unseres dortigen Aufenthalts hinaus zu den Elefanten. Es dauerte auch gar nicht lange bis wir auf eine große Gruppe von ihnen trafen. Sie hatten mehrere Jungtiere, die sich als Fotomotiv immer besonders gut eignen. Außerdem liefen sie direkt am Fahrweg entlang, sodass wir faktisch „dem Elefant direkt ins Auge blicken" konnten. Die Elefanten in diesem Park sind auch überhaupt nicht kamerascheu und lammfromm gegenüber Touristen, in den meisten Fällen zumindest. Wir hatten deshalb auch unsere gesamte Fotoausrüstung im Einsatz. Mein Mann filmte mit der Videokamera und ich schoss Fotos. Damit wir beide tolle Motive einfangen konnten, hatten wir das Auto angehalten. Aber der Motor lief noch. Eine Elefantenkuh stand mit ihrem Kalb fast

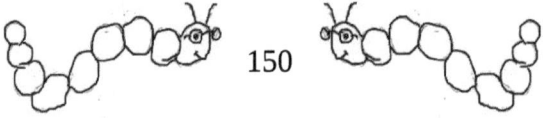

direkt neben dem Auto. Es fehlte vielleicht ein Meter zwischen Blech und Tier. Der Kleine tastete mit seinem Rüsselchen neugierig über das Autodach. Mein Mann war völlig aufgeregt vor Begeisterung. Davon wollte er nicht nur ein Stück Film, sondern auch Fotoaufnahmen machen. Er legte also die Kamera beiseite und griff nach unserem zweiten Fotoapparat. Dabei verhakte er sich mit der Umhängeschlaufe am Lenkrad und kam beim Entwirren versehentlich an die Hupe. Dieser entfuhr natürlich dadurch ein kräftiger Ton. Er war genauso erschrocken wie die Elefantenkuh. Ich hielt vor Schreck die Luft an. Wie würde die Kuh reagieren? Im schlimmsten Fall konnte sie unser Auto rammen. Doch wir hatten Glück im Unglück. Empört über den Radau drehte sie sich um, berührte dabei mit einer Pobacke kurz unser Auto und brachte es zum Wackeln. Dann drehte sie uns ihre gesamte rückwärtige Front zu, ließ direkt neben dem Auto einen riesigen Haufen fallen und marschierte hoch erhobenen Hauptes mit ihrem Sprössling ins Gelände. Die Einzigen die Spaß daran hatten, waren die Fahrer der anderen dort stehenden Autos. Sie konnten aus sicherer Entfernung das Ganze filmen und fotografieren.

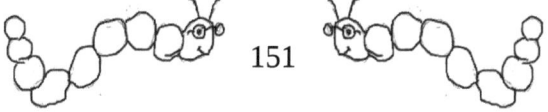

Kleine große Tiere

Da wir gerade vom Addo-Elefantenpark reden, soll nicht unerwähnt bleiben, dass es dort natürlich auch eine ganze Menge mehr als nur Elefanten gibt. Schakale hatte ich ja schon genannt. Aber auch Springböcke, Kudus, Zebras und Strauße gibt es dort. Addo ist ja einer der kleineren Nationalparks in Südafrika. Doch er soll in Zukunft vergrößert werden, wie wir erfahren haben.. Apropos klein, eine Tierart habe ich überhaupt noch nicht genannt. Dabei haben sie im Addo sogar eigene Verkehrsschilder. Na gut, am Buchanfang habe ich sie schon einmal kurz erwähnt. Ich meine den Pillendreher, einen zirka zwei bis drei Zentimeter großen dicken Käfer mit schwarzen Flügeldecken, die in der Sonne grünlich schimmern. Dabei sind sie äußerst wichtig. Sie kümmern sich nämlich um den Elefantenmist. Wie ihr Name schon sagt, drehen sie ihn zu Pillen, oder besser zu großen Kugeln. Diese sind größer als die Käfer selbst. Das tun sie aber nicht um den Elefanten einen Gefallen zu tun. Es ist wie vieles im Tierreich purer Eigennutz. An diese Kugeln platzieren sie nämlich ihren Nachwuchs. Na ja, nicht die kleinen Käferchen, sondern die Eier, die Frau Pillendreher gelegt hat. Da Elefanten bei der Verdauung

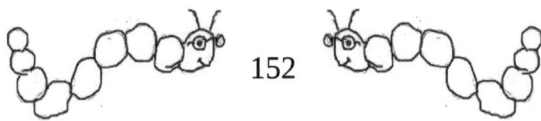

vieles wieder ausscheiden, was noch Nährstoffe enthält, dienen diese als Futter für die Pillendreherlarven.

Es sieht wahrlich putzig aus, wenn der Käfer, mit den Hinterbeinen die Kugel rollend, durchs Gelände eilt. Sie stehen im Addo übrigens unter Naturschutz. Deshalb gibt es eben auch für sie Verkehrsschilder, damit sie nicht überfahren werden. Wir haben übrigens so manch einem Käfer an den hohen Wegrändern geholfen, darüber hinweg zukommen. Sie taten uns echt leid, wie sie sich da mit den großen Kugeln abmühten. Auch wenn wir normalerweise nicht das Fahrzeug verlassen sollten, so viel Hilfe musste einfach sein. Kugel und Käfer wurden vorsichtig auf ein Stück Papier gehoben und dann auf der „Bergkuppe" des steilen Wegrandes ebenso vorsichtig wieder herunter befördert.

Doch nicht nur mit Tieren kann man aufregende Geschichten erleben. Manchmal liefert sie auch die Natur selbst. So zum Beispiel auch eine Geschichte, die uns im Etosha-Nationalpark von Einheimischen erzählt wurde:

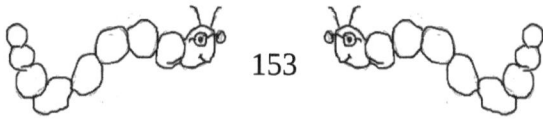

Die Geschichte vom Geisterwald

Es war zu einer Zeit als Dämonen, Geister, Teufel und andere Zauberwesen noch mit den Menschen friedlich zusammenlebten. Na ja, halbwegs friedlich zumindest. Es gab Streitereien über Territorien, Grenzbereiche, bestimmte Früchte und manches andere. Eben wie es bei Nachbarn heutzutage auch mitunter vorkommt. Nun trug es sich zu, dass in einem Dorf neue Felder angelegt werden mussten. Diese sollten später einmal, reichlich Früchte tragen und so mithelfen das Dorf satt zu machen. Dabei gab es nur ein kleines Problem,einen neidischen, zänkischen Nachbarn der gern ihre Ernte stahl. Schon bevor die Felder überhaupt angelegt waren, gab es Streit um die spätere Verteilung der Früchte. Es war nämlich nicht genügend Platz auf dem Bereich, der dem Dorf gehörte. Wurzeln und Früchte würden auch im Bereich des Nachbarn Platz beanspruchen. Deshalb verlangte dieser auch seinen Anteil an der Ernte. An der Hege und Pflege der Felder wollte er sich aber nicht beteiligen. Das ärgerte die Dorfbewohner gewaltig. Doch was sollten sie machen, ihr Nachbar war ein Dämon, konnte zaubern und würde sich gewiss mehr als den ihm zustehenden Teil nehmen. So viel sie auch beratschlagten, es

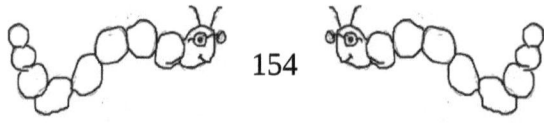

wollte ihnen keine Lösung einfallen, wie sie das Problem lösen könnten.

Wie sie nun gerade in einer weiteren Ratssitzung unter dem großen Versammlungsbaum zusammensaßen, kam ein kleiner Junge aus dem Dorf anmarschiert. Er grinste pfiffig und meinte, das Problem ließe sich doch ganz einfach klären. Alle sahen ihn an, aber keiner wusste, was er meinte. „Nun", meinte unser kleiner Pfiffikus, „Das ist doch ganz einfach. Der Dämon wettet gern. Bieten wir ihm doch eine Wette an. Wenn er gewinnt, bekommt er, was er haben möchte. Verliert er aber, so bekommt er gar nichts." Das klang nach einer guten Idee. Doch worum sollten sie mit ihm wetten? „Na, um die Früchte unserer Felder!", antwortete der Junge. Die Ältesten sahen sich erschrocken an. „Lasst mich mal machen", kam die Antwort.

So marschierte der Junge zu dem Dämonen und unterbreitete ihm seinen Vorschlag. „Dämon", sagte er. „Wir haben beratschlagt und sind zu folgendem Ergebnis gekommen. Damit wieder Frieden zwischen uns herrscht, wollen wir mit dir teilen. Dieses Jahr sollst du alles bekommen, was über der Erde wächst und wir nehmen die dreckigen Wurzeln von unten." Das schien dem Dämonen ein guter Vorschlag zu sein. Er willigte ein und freute sich schon darauf sein Lager füllen zu können. Per Handschlag besiegelten sie den Handel.

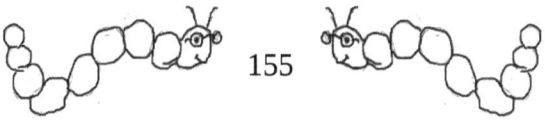

In diesem Jahr aber bauten die Dorfbewohner Süßkartoffeln an. Als es Zeit für die Ernte war, schnitten sie, getreu dem geschlossenen Vertrag, das blühende Kraut über der Erde ab, banden es zu einem Strauß zusammen und brachten es dem Dämon. Danach gruben sie die Wurzelknollen aus und legten sie in ihr Vorratslager. Als der Dämon merkte, dass sie ihn ausgetrickst hatten, wurde er sauer. Er kam mit grimmigem Gesicht ins Dorf und knurrte: „Ihr habt mich verspottet, aber Vertrag ist Vertrag. Im nächsten Jahr aber will ich alles, was unter der Erde wächst." Da sie das schon vorausgesehen und mit unserem Schlaumeier abgesprochen hatten, willigten sie nach kurzer Beratung ein.

Wieder wurde der Vertrag mit einem Handschlag besiegelt. Im folgenden Jahr aber, trugen die ebenfalls angepflanzten Bäume Blüten und erste Früchte. Diese wurden zur Erntezeit gepflückt und der Dämon bekam einige Wurzeln und die Mäusenester, die sich unter dem Baum angesiedelt hatten. Jetzt wurde der Dämon erst recht zornig, weil er merkte, dass er sich dieses Mal wieder hatte austricksen lassen. Er packte seine sieben Sachen und beschloss von diesem listigen Dorf wegzuziehen, in eine Gegend wo er leichter seine Wünsche durchsetzen konnte. Vorher aber riss er mit einem kräftigen Ruck die Bäume aus der Erde und steckte sie verkehrt herum, also mit

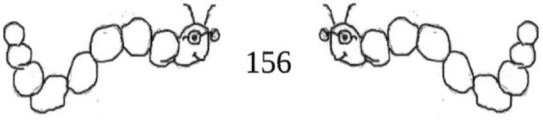

den Wurzeln nach oben, wieder hinein. Unter dem Gelächter der Dorfbewohner zog der gedemütigte Dämon aus der Gegend fort. Die Bäume aber ließen die Dorfbewohner so verkehrt herum stehen, als Warnung für alle Dämonen. Seit diesem Tag stehen in **Spookieswood** Bäume, die scheinbar die Wurzeln in den Himmel recken.

Ja, auch die Natur kann, wie schon erwähnt, interessante Geschichten hervorbringen. So, fällt mir jetzt zum Beispiel gerade eine weitere ein, die ich in einer Pension in Namibia gehört habe:

Spielplatz der Riesen

Es gab vor vielen vielen Generationen der Menschen noch das Geschlecht der Riesen. Sie waren in den unterschiedlichsten Gebieten heimisch. Manche von ihnen waren zurückhaltend, freundlich und hilfsbereit. Andere hingegen mürrisch und zänkisch. Wie es halt auch bei uns Menschen der Fall ist, nicht alle sind gleich. Ebenso wie die Menschen, hatten auch sie Familien und bekamen Kinder. Eine dieser Familien lebte im Süden des heutigen Namibia, im Gebiet der Karasberge. Ihr Baby war noch recht klein, konnte aber schon krabbeln und manchmal schaffte es auch ein paar Schritte. Um seine

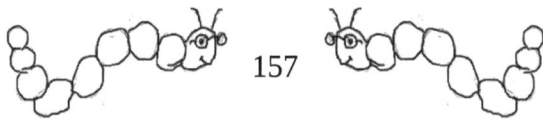

weitere Entwicklung zu fördern, brauchte es auch entsprechendes

Spielzeug. Besonders gern baute der Kleine Türme, Mauern und

Häuser aus Bausteinen. Weil er aber schon als Baby recht kräftig war,

musste auch das Spielzeug entsprechend stabil sein. Sein Vater

schnitt deshalb die Bausteine aus den Felsen heraus. Der Junior war

ganz begeistert von seinen neuen Spielsteinen, klopfte sie gegen

einander, freute sich an Klang und Form. Die Farbe war nicht so

wichtig. Da er sowieso alles in den Mund steckte, war es besser, erst

gar keine darauf zu bringen. Ein wenig Farbe war schon in den

Steinen drin, das reichte. Der Kleine spielte sehr gern mit seinen

Bausteinen. Manchmal kippten die Türme natürlich auch mit Gepolter

um. Dann baute er eben den Turm neu auf. Das schlimme an der

Sache war nur, dass Junior manchmal auch jähzornig veranlagt war.

Gelang an einem solchen Tag das Bauwerk nicht nach seinen

Wünschen, so riss er es einfach mit den Patschhändchen wieder ein.

Dass selbst der beste Baustein eine solche Behandlung auf die Dauer

nicht aushält, wird sicher jeder nachvollziehen können. Der Vater

musste also ab und zu neue Steine schneiden. Bald war das ganze

Gebirge zerschnitten und kein Material für neue Steine mehr

vorhanden. Dazu kam, dass auch die Nachbarn sich zunehmend über

den ständigen Radau beschwerten. Unserer Riesenfamilie blieb also

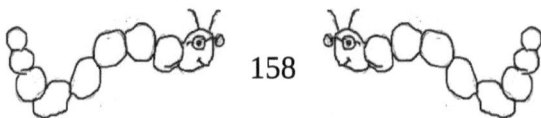

nichts anderes übrig als wegzuziehen. Die herumliegenden Bausteine ihres Söhnchens aber blieben an Ort und Stelle liegen. Und da sind sie auch heute noch, in der Nähe von Keetmanshoop, gleich neben dem Köcherbaumwald. Und zum Andenken an die Riesen erhielt dieser Ort den Namen **Spielplatz der Riesen.**

Dazu passt eine weitere Geschichte zum Thema Riesen:

Wie die Wüste ans Meer kam

In der Zeit als noch Riesen im Land wohnten, gab es auch Riesenkinder. Und wie alle Kinder, wollten auch sie immer beschäftigt werden. Eines Tages beschlossen die Eltern mit ihren Kindern baden zu gehen. Sie packten die Badesachen zusammen, dazu Handtücher und Spielzeug und liefen zum Ozean. Darin tiefes blaues Wasser, mit einem schmaler Strand, der aber ausreichend Platz für Handtücher und alle anderen Utensilien bot. Das Wasser war kühl und erfrischend. Doch nach einiger Zeit wurde es den Kindern zu langweilig, außerdem begannen sie zu frieren. Deshalb liefen sie zurück zum Ufer. Sie trockneten sich schnell ab, suchten ihr

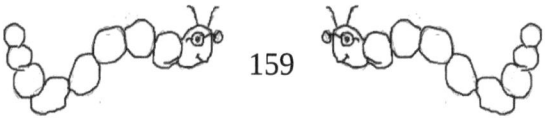

Sandspielzeug heraus, begannen Löcher zu buddeln und mit dem nassen Sand aus den Löchern Kleckerburgen zu bauen. Es wurden sehr schöne Burgen, mit vielen Türmchen. Ein paar Steine dienten als Verzierung.

Doch der Ausflug dauerte nicht ewig. Irgendwann hieß es, zurück nach Hause. Bedauernd verließen die Riesenkinder den Strand und ihre Bauwerke. Sie wären gern noch ein wenig geblieben. Doch waren die Eltern auch im allgemeinen sehr großzügig gegenüber den Wünschen ihrer Sprößlinge, so erwarteten sie doch Gehorsam gegenüber ihren Anordnungen. Das wußten die Kinder auch und fügten sich. Beim Abschied drehten sie sich nochmals nach ihren Kleckerburgen um, dann aber waren sie einfach zu weit weg, um sie noch erkennen zu können.

Kurze Zeit später kam der Seewind vorbei. Er sah die Bauwerke der Kinder. Auch er fand sie gelungen. Da aber der Wind immer pustet, trocknete er unversehens den feuchten Sand. Die Burgen zerfielen. Der Sand wurde über den ganzen Strand zerstreut. Aus den gebuddelten Löchern wurden kleine Kuhlen, die sich aber rasch mit neuem Sand füllte. Aus den Burgen entstanden Sandberge. Weil es große Kleckerburgen gewesen waren, wurden es nun große Sandberge, die über eine große Fläche verteilt waren. Dazwischen

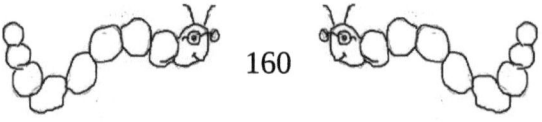

steckten die Ziersteine der Kinder. Diese nannte die Menschen später Dünen und Felsen. Und weil auf diesen Sandflächen nichts wachsen wollte und die Gegend überhaupt recht wild aussah, nannten sie sie WÜSTE.

Ja, so war das also mit dem Meer und der Wüste. Was aus den Riesen wurde? Sie zogen weiter ins Land hinein. Nur wenig ist über ihren Verbleib bekannt. Bei einigen Stämmen erzählt man sich aber bis heute Geschichten, auch über die Riesen.
Beim diesem Thema fällt mir noch eine andere kleine Geschichte vom Meer und der Wüste ein:
Und sie ist sogar fast gänzlich wahr!

Sand und Meer

Ich kenne ein Land mit einem mehrere hundert Kilometer langem Strand. Der Sand ist warm, das Meer davor sehr kalt. Darin leben Haie, Robben und viele Fische. Auf dem Sand lebt....eigentlich niemand. Trotzdem gehören die beiden zueinander. Der Sand schenkt an manchen Stellen dem Meer sogar glitzernde Diamanten. Was aber soll das Meer dem Sand schenken? Es muß an seinem Platz bleiben.

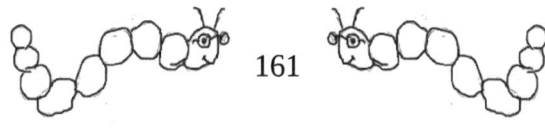

Also fragt es den Wind. Der berät sich mit der Sonne. Diese scheint nämlich sehr warm auf die beiden herunter. Und weil alle vier gute Freunde sind, finden sie schließlich auch eine Lösung. Die sieht so aus:

Die Sonne verdampft Wasser aus dem kalten Meer. Die Wassertropfen steigen hoch hinauf. Dort greift sie der Wind und trägt sie auf den Sand. Hier lässt er sie als feinen Regen wieder herab fallen. Davon sollte eigentlich der Strand grün werden und Blumen hervor bringen. Der Sand streng sich auch mächtig an, damit er das schafft. Doch leider ist er zu heiß und immer noch zu trocken, um es zu schaffen. Weil das so ist, können auch keine Menschen an diesem Strand wohnen. Es wächst ja nichts.

Das alles hört sich sehr nach einem Märchen an. Gut, ich habe es an mancher Stelle etwas vereinfacht dargestellt. Und doch gibt es jenes Meer, samt dem Strand. Sie liegen im fernen Afrika. Das Meer heißt Atlantik. Der Strand, der eigentlich viel mehr als nur ein Strand ist, heißt Wüste Namib. An der Westküste von Namibia treffen sie zusammen. Bis auf einen winzigen Flecken ist die Wüste dort weites, lebensfeindliches Land. Seefahrer, die in früheren Zeiten dort gestrandet sind, hatten gehofft sie wären nun gerettet. Leider stellte sich dieses sehr schnell als Irrtum heraus. Das Salzwasser des Meeres

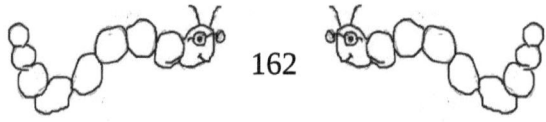

konnten sie nicht trinken, Süßwasser gab es keines. So starben auch diejenigen, die meinten, sich nach einem Schiffbruch gerettet zu haben. Mit der Zeit war diese Küste unter den Seefahrern aller Nationen zum Schrecken geworden. Damals erhielt die Küste auch ihren heutigen Namen: *Skelettküste*.

Einer der Bäume aus Spookieswood den der Dämon umgedreht haben soll.

nochmals Spielplatz der Riesen

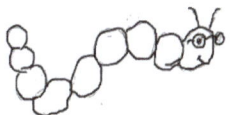 163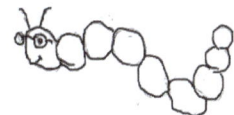

Gegen Wüstenwind und Sandstürme helfen nur gute feste Behausungen.
Deshalb will ich an dieser Stelle mal einige Worte zum Thema

Unterkünfte

unterbringen.

Ich hatte ja schon mehrfach angesprochen, dass wir in Hütten, Lodges oder Camps gewohnt haben. Dazu will ich noch ein paar genauere Erklärungen nachliefern.

Also beginnen will ich damit, dass wir in fast jedem Camp eine andere Art von Unterkunft vorgefunden haben. Das ging von einer festen Hütte bis hin zum Zelt. Was sollte man sich unter einem Camp in Namibia oder Südafrika aber genau vorstellen? Auf alle Fälle keine Holzhütten ala Tom Saywer. Sind es feste Hütten so sind sie meist rund, in der Form den Hütten der Einheimischen nachempfunden. Immer haben sie ein Strohdach. Sie sind groß genug, um darin Platz für zwei bis drei Betten zu bieten. Ich meine damit richtige feste stabile Betten, keine Matten oder Ähnliches. Über den Betten, an einem Gestell sind Moskitonetze befestigt, um die lästigen Plagegeister nachts fernzuhalten. Neben den Betten befindet sich häufig ein kleiner Nachttisch, den man als Ablage für den Wecker, Taschenlampe oder Ähnliches nutzen kann. Einen richtigen Tisch mit

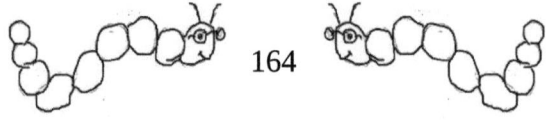

dazugehörigen Stühlen gibt es ebenfalls. Weiterhin einen Schrank, eine Kofferablage, ach ja und kleine Teppiche oder Bettvorleger. Innerhalb der Hütte oder als dazugehöriger Anbau - der Sanitärtrakt mit Toilette, Waschbecken und Dusche. Die Dusche ist in manchen Fällen auch außerhalb der Hütte, nur umzäunt untergebracht. Das nennt man dann **Buschdusche.** Aber egal ob drinnen oder draußen, warmes und kaltes Wasser aus dem Wasserhahn ist vorhanden. Manchmal muss allerdings für das warme Wasser ein Ofen angeheizt werden. Das macht dann aber das Personal. In den Hütten hält man sich meist nur zum Schlafen auf, da man ja eigentlich hier ist, um die Natur zu erkunden. Deshalb stört es auch nicht, dass der Strom entweder von einem Generator oder von Sonnenkollektoren kommt. Abends, etwa ab 22:00 Uhr ist Schluss mit Beleuchtung. Alles, außer dem Strom der für die Kühlaggregate benötigt wird, wird abgeschaltet. Danach herrscht dunkle afrikanische Nacht mit einem wunderbaren Sternenhimmel.

Doch zurück zu den Hütten. So wie ich sie gerade beschrieben habe, sind es feste geschlossene Hütten. Sie stehen auf dem Gelände eines Camps, welches meist umzäunt ist. Derartige Camps findet man zum Beispiel in den Naturschutzparks. Dort gibt es aber auch Camps mit richtigen festen Häusern im Bungalow-Stil, viereckig. Das ist

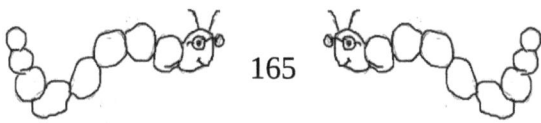

teilweise abhängig von der Größe des Camps und von der gestalterischen Inspiration des Besitzers. Womit wir beim nächsten Faktor wären. Fast alle Camps sind in privater Hand. Und demzufolge gestaltet es jeder Eigentümer nach seinen eigenen Vorstellungen. Das beginnt bei der Art der Hütten, geht über die Landschaftsgestaltung im Campgelände, die Gestaltung der angebotenen Freizeitanlagen, wie Form und Größe des Pools, Sport- und Spielanlagen, bis hin zu den Gemeinschaftsräumen. Manche Camps haben Bügelzimmer, manche sogar Räume mit Waschmaschinen. Was aber fast alle haben, sind Speiseräume, in denen Frühstück und Abendbrot angeboten werden. Hier gibt es welche in Terrassenform, also im Freien und welche mit geschlossenen Räumen, oder beides. In den großen Naturreservaten sind sogar richtige Gaststätten.

Wir haben aber auch Camps kennen gelernt, da gab es keine solchen festen Hütten oder Häuser, sondern Zelte. Diese standen auf gegossenen Betonplatten, fest verankert oder auf einer Plattform aus Holz. Sogar welche, die auf Pfählen standen waren dabei. Doch sogar diese hatten den gleichen Ausstattungskomfort wie vorher bereits bei den Hütten beschrieben. Besonders witzig fand ich in dieser Gruppe der Zeltcamps eines, welches ich 2013 in Namibia kennen lernte. Unter uns nannten wir es *Felsencamp*, weil es in einer Schlucht in den

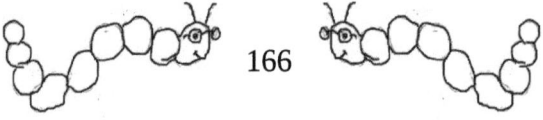

Erongobergen stand. Natürlich hatte es offiziell einen anderen Namen, aber dieser beschrieb den Platz am eindrucksvollsten. Die Zelte standen auf einer Betonplatte. Innen waren Betten, Nachttische mit kleinen Solarlampen und Teppiche. Das Oberwitzige aber war der Sanitärbereich. Er enthielt eine Dusche in Form eines Wasserfalls (so richtig mit Wasser, das über Felsen fiel), Waschbecken und Toilette. Dieser Sanitärbereich war außerhalb des Zeltes, hinten dran (naja, man könnte angefügt sagen).Er konnte nur durch das Zelt erreicht werden. Das hatte dafür einen Hinterausgang. Nach außen war er durch eine Mauer blickdicht abgeschirmt. Aber nicht nach oben! Beim Waschen, Duschen oder Toilettenbenutzung sah man tagsüber auf die Felsen und nachts den Sternenhimmel. Stellen sie sich vor, sie sitzen auf dem gewissen Örtchen, müssen dort `naturbedingt` eine Weile zubringen und beobachten dabei Vögel, Eidechsen, Wolken oder Sterne. Nun sag noch einer das ist nicht ausgefallen!

Aber wie ich inzwischen festgestellt habe, geht es noch verrückter. Besonders im Jahr 2013 sind mir da einige Unterkünfte untergekommen, auf die das durchaus zutrifft. Eine davon lag am Okavango-River. Es nannte sich **Busch-Camp.** Hier gab es mehrere Gruppen von Unterkünften. Zum einen war da ein ganz stinknormaler Zeltplatz, wo mehrere Gruppen von Jugendlichen ihre Zelte

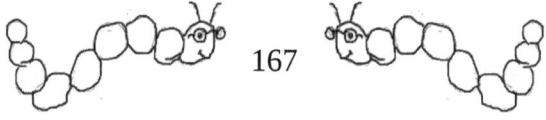

167

aufgeschlagen hatten. Dann die Häuser am Ufer, die sich nur unwesentlich von den bereits beschriebenen unterschieden. Und als letzte Kategorie die so genannten **Baumhäuser.** So stand es auch auf unserem Voucher. Genaue Vorstellungen davon hatten weder ich, noch meine Mitreisenden. Ich hoffte nur, dass ich nicht auf einen Baum klettern muß. Als `Affe` bin ich nämlich eine absolute Fehlbesetzung. Es stellte sich zum Glück heraus, dass diese Häuser auf Baumstämmen gebaut waren und direkt am Flussufer standen. Eigentlich standen sie halb am Ufer und halb über dem Fluss. Das an sich war schon toll. Aber halt! Das ist es wert ausführlich erzählt zu werden:

Der Schlüssel

Der Weg zum Camp führte durch ein trockenes sandiges Flussbett. Das Auto rutschte mehr als es fuhr. Glücklicherweise hatten wir Allradantrieb, sonst wären wir womöglich im feinen Flusssand stecken geblieben. Doch nach eine Fahrt von zirka zwei Kilometern und gefühlten zwei Stunden kamen wir im Camp an. Wie üblich führte unser erster Weg zur Rezeption, zwecks Zuweisung der Unterkunft.

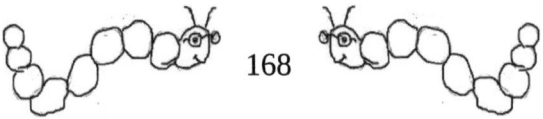

Wie wir erfuhren, hatten wir hier ein Baumhaus. Nachdem alle Formalitäten erledigt waren, erkundigte ich mich, ob ich einen Schlüssel für das Haus benötigte. Dieser liege unter der Fußmatte, kam die Antwort von der Rezeptionsdame. Na gut, soetwas war hierzulande nicht unüblich. Sie gab uns noch eine Karte vom Camp, da der Weg zum Haus etwas kompliziert war.

Mittels dieser kamen wir per Auto bis an einen Holzweg, der ebenfalls auf Stelzen angelegt war. Ab hier ging es nur noch zu Fuß weiter. Wir griffen unsere Koffer und liefen los. Jetzt befanden wir uns also *auf dem Holzweg!* Rumpeldiepumpel über zusammengenagelte Holzbretter, zwischen Bäumen hindurch, bis zu einem größeren terrassenähnlichen Platz. Dort teilte sich der Weg. Zwei Arme führten zu den Häusern, einer weiter zum Zeltplatz. Hier stand auch unser Haus. Drei oder vier Stufen führten hinauf zum Eingang. Eine aus unserer Truppe ging vor, um schon immer aufzuschließen, während die anderen sich noch herankämpften. Plötzlich quiekte es vom Haus her. Ein lautes Lachen folgte. Erschrocken hatten wir alles stehen und liegen gelassen und waren hinauf geeilt. In der Annahme, ihr wäre etwas passiert. Oben angekommen blieben wir wie vom Donner gerührt stehen. Was war denn das? Da stand ja nur eine Hälfte vom Haus! Zwei Wände waren da, die anderen zwei nicht. Da brauchte

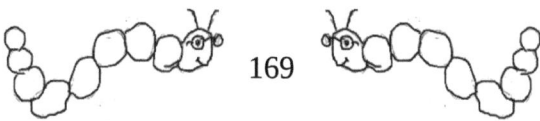

man gar keinen Schlüssel! Na, da hatte uns die Rezeptionsdame ja schön verulkt. Die zwei festen vorhandenen Holzwände waren zum Weg hin ausgerichtet, sodass die Privatsphäre der Bewohner geschützt war. Doch zum Wasser hin, war alles offen. Wie schon erwähnt, stand das Haus auf Pfählen. Darauf eine Holzfläche wie eine Terrasse. War man die Treppe herauf gekommen, stand man direkt vor dem „Schlafzimmer". Der landseitige Teil des Hauses, direkt an der Wand, war mit jeweils zwei Betten bestückt, dazwischen ein Sanitärteil mit Waschbecken und Dusche. Zur Toilette ging es eine Treppe abwärts, aber alles im Haus. Im Bett liegend konnte man nachts direkt auf den Fluss schauen. Wie wir nach unserer ersten Verblüffung feststellten, gab es aber auf dieser Seite auch die Möglichkeit Bambusrollos herunter zu lassen. Damit hatte das Haus auch auf dieser Seite so etwas Ähnliches wie eine Wand. Doch das haben wir nicht getan. Es war einfach herrlich, so halb im Freien, halb in einem Haus zu schlafen. Die gesunde frische Luft und die vielfältigen nächtlichen Tierlaute trug ein übriges dazu bei, dass unsere Träume nur von der angenehmen Art waren.

Die haben `nen Hammer!

Ich hatte ja schon einige, meiner Meinung nach recht interessante, Unterkünfte beschrieben. Vor meinem Fenster hämmert aber gerade ein Pressluftbohrer. Der hat mich auf eine weitere gebracht.

Es war in Namibia, in der Nähe von Khorixas. Die Gästefarm selbst hieß **Bambatsi**. Die erste Einfahrt war schnell gefunden. Sie lag direkt an der Hauptstraße, ein großer Torbogen mit dem Namenszug darin und einem entsprechenden Schild daneben. Das Tor musste für die Durchfahrt vom Besucher selbst geöffnet werden. Dahinter erstreckte sich ein langer Weg, der beidseitig von Kameldorngestrüpp und anderen Sträuchern gesäumt wurde. Der Weg war hügelig und führte in Wellen immer weiter bergauf. Oben angekommen, ein weiteres Tor. Dahinter waren schon Gebäude zu erkennen. Sollten wir auch dieses selbst öffnen? Ich stieg aus, um, mir die Sache zu besehen.

Interessant! Was war das denn? An der Seite des Tors, wo sich das Scharnier befand, ragte ein langer Pfahl empor. Der sah aus wie ein Galgen aus alten Filmen. An der Stelle, wo sonst immer der Verurteilte baumelt, hing ein rot gestrichenes DING. Bei näherem Hinsehen entpuppte sich dieses als ein Stück Eisen in T-Form. Wie ein Stück von einer Eisenbahnschiene sah das aus. Daneben hing ein Hammer! Das sollte doch nicht etwa? Doch, es *war* die hiesige **Klingel!** Nun,

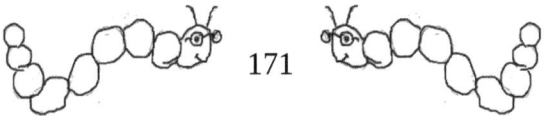

wenn es die Besitzer so eingerichtet hatten, sollte sie wohl auch benutzt werden. Ich griff also zum Hammer und schlug damit mehrmals so kräftig ich konnte gegen das Eisenstück das es nur so dröhnte. Daraufhin kam eine der Angestellten angelaufen und bat uns herein. Die Gästefarm selbst bestand aus einem Haupthaus, in dem sich Büro und Speiseraum befanden und mehreren kleinen Häuschen mit jeweils einem duftenden Frangi Pani-Baum davor. Neben dem Häuschen, der obligatorische Autoparkplatz, dahinter weitere Bäume, die zum Teil auch wunderbar duftende Blüten trugen.

Der Spaßvogel

Eine andere originelle Anfahrt und Unterkunft befand sich in den Erongo-Bergen, ein Stück hinter Sesfontain. Das Camp trug den aussagekräftigen Namen *Aussicht.* Damit war schon klar, wo sich dieses Camp befinden würde, auf einem Berg. Entsprechend gestaltete sich die Anfahrt. Ging es die ersten Kilometer noch über eine der üblichen Schotterpisten, so folgte ab dem Campeinfahrtsschild ein steinübersäter gewundener Anstieg über einen schmalen Pfad. Gut, dass wir ein Allrad-Fahrzeug hatten! Und um die Anfahrt etwas amüsanter zu gestalten, hatte sich der Besitzer etwas einfallen lassen. Nach jeweils einem Kilometer stand ein kleines Schild am Wegesrand.

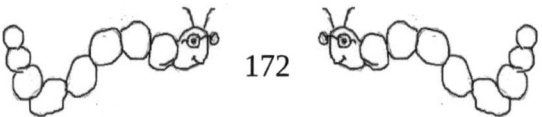

Darauf standen solche Sprüche wie *„Hier entsteht demnächst eine Autobahn"*, *„Ab Kilometer fünf -Rallye-Teststrecke"*, *„ Die Strecke wird demnächst asphaltiert"* oder *„Highway ohne Geschwindigkeitsbegrenzung"*. Der Besitzer schien ein rechter Spaßvogel zu sein. Doch ich muss zugeben, dererlei Aufmunterungen erleichterten die steinige Aufwärtsfahrt ungemein. Irgendwann nach gefühlten fünf Stunden, die allerdings in Realzeit nicht mehr als ein und eine halbe waren, hatten wir es geschafft den Berg per Auto zu erklimmen. Nun noch ein paar Meter um die Ecke und wir standen auf dem Parkplatz unseres Camps. Der Weg ging zwar noch ein Stück weiter, doch dann wären wir auf dem Campingplatz gelandet. Und dorthin wollten wir ja nicht.Aus dem Alter waren wir schon ein wenig heraus. Wir bevorzugten feste Betten und ein Minimum an Komfort. Mehr gab es hier auch nicht, wie wir rasch feststellten. Da es sich um ein Bergcamp handelte und der Besitzer nebenbei noch eine kleine Dioptase-Mine besaß, waren auch die Unterkünfte im Stil einer aus Stein gemauerten Arbeiterunterkunft gehalten. Es gab darin zwei rustikale Betten der selbst gezimmerten Art. Dazu einen stabilen, aber nicht sehr großen Tisch, zwei Stühle und ein Miniwaschbecken, welches nur einen Kaltwasserhahn besaß. Die Tür war aus stabilem Holz gezimmert, etwas verzogen und mit einem Haken verschließbar

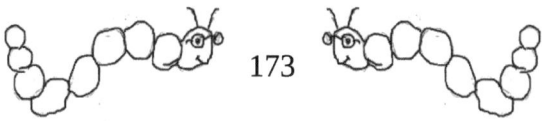

gemacht. Insgesamt reihten sich acht derartige Zimmer aneinander. Zimmergröße, na ich schätze mal, so etwa 12 m² . Ein Fenster hatte das Zimmer natürlich auch. Es lag genau gegenüber der Tür, war aber auch recht klein. Jetzt fragt sich sicher mancher, wo war denn die Toilette? Tja, das war auch so ein Kuriosum. Zimmertoilette gab es nicht. Sie war separat. Um dorthin zu gelangen, musste man bis zum Ende der Hauszeile laufen und dann links in Richtung Abhang abbiegen. Dort stieß man dann auf ein, ebenfalls gemauertes, Gebäude mit einem halbrunden Dach. Betrat man es durch die seitlich angebrachte hölzerne Tür und blickte nach rechts so fand man ein hölzernes Klo mit Wasserspülung. Blickte man nach links, so konnte man eine große, ebenfalls halbrunde fensterähnliche Öffnung sehen. Saß man dann auf dem gewissen Örtchen um seine Befindlichkeiten zu erledigen, blickte das Gesicht genau auf jene Öffnung und erlaubte einen herrlichen Ausblick über das Tal. Deshalb benannten wir dieses Örtchen auch **_Kleine Aussicht._** Es war übrigens das Einzige für alle Wohnquartiere. Ebenso kurios wie die Kleine Aussicht war der Duschraum. Hier hing an der Decke die Dusche (na ja ich würde es für einen größeren weißen Plasteeimer halten). Besagter Duscheimer war mit einem Zugmechanismus versehen, der mit einem Stöpsel verbunden war. Der Stöpsel saß auf dem, mittig am Boden

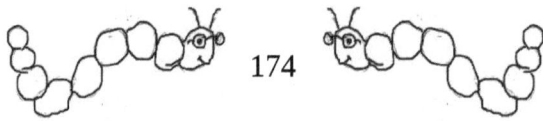

174

befindlichen, Duschkopf. Neben der Dusche standen eine kleine Trittleiter und ein Eimer mit Wasser. Dieses Wasser musste zuerst per Hand unter Benutzung der Leiter in den Duscheimer gefüllt werden, um es anschließend unter Verwendung des Zugmechanismus wieder auf sich herabfließen zu lassen. Was dann DUSCHEN hieß. Warmes Wasser gab es nur, wenn man alles rechtzeitig vorbereitet hatte. Vorbereitet bedeutete in diesem Zusammenhang, den Eimer mit dem Duschwasser in die Sonne zu stellen. Damit es sich erwärmte.

Am Modernsten war der Gemeinschaftsraum, in welchem auch die gemeinsamen Mahlzeiten eingenommen wurden. Hier gab es eine ganze Wand aus Glas. Sie enthielt auch die Tür. Und war so angelegt, dass ein freier Blick über das gesamte Tal möglich war. Es war eines der rustikalsten und kuriosesten Camps, welches ich auf all meinen Reisen kennen gelernt habe.

Verschiedene Typen von Hütten und Unterkünften auf meinen Reisen

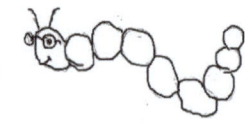

Ach ja, dieses Camp hatte noch weitere, tierische, Besonderheiten. Nennen wir es mal:

Die Liebe zwischen Schaf und Ziege

Es war einmal ein junges Schaf, das lebte ganz allein mit seinem Menschen auf einem hohen Berg. Seine Geschwister waren entweder im Kochtopf gelandet, verkauft worden oder an einer Krankheit gestorben. Es mochte seinen Menschen. Deshalb lief es auch nicht davon, obwohl es jederzeit die Möglichkeit dazu hatte. Kein Strick behinderte es, kein Zaun engte es ein. Wurde ihm langweilig, so streifte es über die umliegenden Bergwiesen oder sprang über die Steine. Natürlich bemerkte der Mensch die Einsamkeit seines Schäfchens. Deshalb überlegte er ihm einen Gefährten zu geben. Leider fand er in der ganzen Umgebung kein weiteres Schäfchen. Was sollte er da machen? Zufällig hörten die Bewohner eines nahe gelegenen Dorfes von den Sorgen des Schafbesitzers. Sie hatten zwar auch keine Schafe, aber Ziegen. Weil sie es gut mit dem Mann meinten, boten sie ihm einen jungen Ziegenbock als Gefährten für sein Schaf an.

Zuerst war der Mann skeptisch. Doch nach gründlicher Überlegung kam er zu dem Ergebnis, dass ein Ziegenbock besser sei als weiter ein

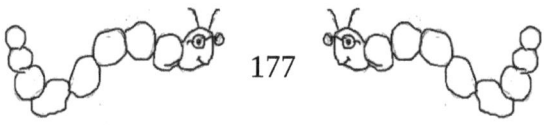

einsames Schaf zu besitzen. So nahm er den Ziegenbock mit hinauf auf seinen Berg. Vorsichtig brachte er die beiden Tiere zusammen. Und was soll man sagen, die beiden fanden Gefallen aneinander. Sie jagten von da an gemeinsam um das Haus, über die Wiesen und Felsen. Damit der Mann aber immer wusste, wo die beiden sich herumtreiben, bekam das Schaf ein Glöckchen um den Hals. So konnte er am Ton des Glöckchens hören, wo seine beiden Tiere steckten. Der Ziegenbock rannte nämlich immer dem Schaf hinterher. Wo also der eine war, war auch der andere. Spielerisch wurden beide erwachsen und entdeckten das man noch mehr gemeinsam tun konnte als nur durch die Berge zu jagen. Wären es zwei Menschen, würde ich behaupten, sie hätten sich ineinander verliebt. Wie schon gesagt,wo der eine hinrannte, rannte auch der andere hin. Was der eine fraß, fraß auch der andere. Sie schubsten und neckten sich, sprangen übereinander her und zankten sich so manches Mal. Putzig sah es aus, wenn der Ziegenbock mit seinem Kopf nach dem Schaf stieß. Und noch ulkiger, wollte er sie begatten. Was natürlich nie und nimmer funktionieren konnte. Und wenn sie so miteinander beschäftigt waren, störte es sie auch nicht, dass Besucher sie beobachteten. Im Gegenteil, vor Besuchern benahmen sie sich meist besonders zickig zueinander.

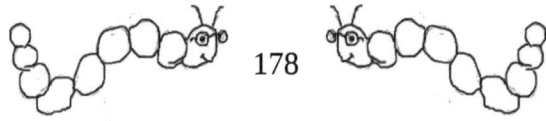

Wer nicht aufpasste und rechtzeitig aus dem Weg ging, wurde gleich mit umgerannt.

Auch wir haben dieses seltsame Pärchen kennengelernt. Es hätte beinahe unsere Liege auf der Sonnenterrasse über den Haufen gerannt. Trotzdem haben wir über die beiden Streithähne herzlich gelacht.

Es musste wohl an der eigenwilligen Art des Campbesitzers liegen, dass auch seine anderen Tiere seltsame Macken hatten. Jedenfalls wohnte dort noch ein weiteres interessantes Exemplar der einheimischen Tierwelt:

Der verzogene Straußenhahn

Der Besitzer, nennen wir ihn der Einfachheit halber Herr Z., hatte vor Jahren ein Straußenpärchen. Dieses legte auch fleißig Eier. Einige davon landeten zur Freude der Gäste in der Pfanne. Immerhin reichte ein Ei für die Sättigung von vierundzwanzig Gästen. Das ging schnell, schmeckte und galt als einheimische Spezialität. Doch manchmal durfte Familie Strauß auch eines oder mehrere Eier ausbrüten. Waren zu viele Strausse herangewachsen, wanderten auch sie in die Küche. Doch auch Strauße kommen in die Jahre. Bevor sie zu zäh waren,

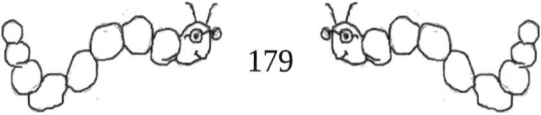

wurden die beiden alten nacheinander geschlachtet. Zurück blieben drei halbwüchsige Küken, die aber schon gut ohne ihre Eltern zurechtkamen. Zusammen mit den ebenfalls vorhandenen Hühnern zog Herr Z. sie groß. Ein Straußenküken tauschte er später gegen den oben erwähnten Ziegenbock. Das zweite rannte einer Gruppe wilder Strauße nach und kehrte nicht wieder zurück. So war jetzt also auch der letzte kleine Strauß allein. Es scheint überhaupt das Schicksal von Herrn Z. zu sein, dass alle seine Tiere Einzelexemplare waren. Den letzten kleinen Strauß zog er mit der Hand auf. Dieser wurde dadurch ganz zahm und folgte Herrn Z. überall hin. Das sah schon recht lustig aus, ein Strauß der seinem Besitzer wie ein Hündchen nachläuft. Das ganze Tal amüsierte sich darüber. Doch auch kleine Strauße kommen irgendwann ins Teenager-Alter. Und so blieb es nicht aus, dass auch er eine junge Straußendame kennen lernte. Na ja, man kennt das ja! Der verliebte Gockel rannte seiner Angebeteten hinterher und versuchte sie zu verführen. Doch diese Dame gehörte auf kein Gehöft, sondern war eine freie wild lebende Straußendame. Also kam, was kommen musste, der Gockel brannte mit ihr durch. Darüber war Herr Z. natürlich sehr traurig. Mehr als drei Wochen blieb der Straußenhahn verschwunden. Anfangs hatte Herr Z. ihn ja noch gesucht und nach

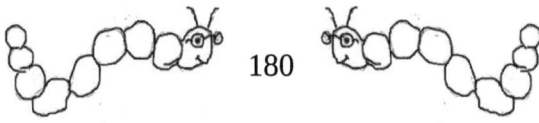

ihm gerufen. Aber wo in diesen weiten Bergen sollte er ihn finden. Er gab ihn verloren.

Eines Tages aber geschah ein Wunder. Mit hängenden Flügeln und ganz zerrupft kam sein Straußenhahn zurück auf die heimatliche Farm. Herr Z. freute sich wie ein kleines Kind, umarmte und streichelte den Ausreißer. Natürlich durfte er auch wieder frei im Farmgelände herumlaufen. Doch er hatte sich charakterlich total verändert. War er früher freundlich auf die Gäste zugegangen, hatte sich streicheln und füttern lassen, so zwickte er jetzt nach ihnen. Ja er hackte sogar mit dem Schnabel. Und noch immer rannte er herum auf der Suche nach seiner verlorenen Straußendame. Das Schlimmste war aber sein abendlicher „Gesang" mit dem er inbrünstig nach ihr rief. Der war nicht nur ohrenbetäubend laut, sondern auch krächzend und zeitlich sehr ausdauernd. Manchmal sang er die ganze Nacht. So konnte das nicht weitergehen, beschloss Herr Z.. Deshalb baute er einen ausreichend großen Käfig und sperrte den liebeskranken Kerl hinein. Doch der Zaun war nicht hoch genug. Mehrmals flatterte er darüber und rannte wieder „singend" durchs Camp. Hatte er schlechte Laune, so rupfte er sogar auf dem Campingplatz die Zelte auseinander. Jetzt reichte es Herrn Z. endgültig. Er baute hinter dem Haus, wo die Gäste nicht hinkamen ein Gatter mit Dach. Nun konnte der

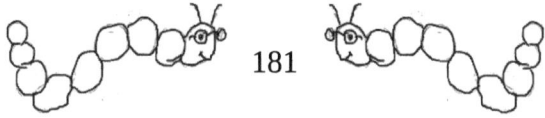

Straußenhahn nicht mehr entweichen und auch sein Gesang störte die Gäste nicht mehr so massiv. Und wie heißt es so schön im Märchen: „ Und wenn er nicht gestorben ist, so lebt er noch heute dort." Das lässt sich eins zu eins auf diesen Burschen übertragen.

So, jetzt aber genug der traurigen und tragischen „Romeo und Julia – Geschichten" aus dem Tierreich. Wenden wir uns wieder erfreulicheren zu. Zum Beispiel dieser:

Majestät Jedermann

Wenn man mit dem Auto auf Reisen ist, so sollte man nicht nur an die Schönheit der Natur, die Tiere und Landschaften denken. Auch das leibliche Wohl sollte nicht zu kurz kommen. Ich bin der Meinung, in fremden Ländern sollte durchaus nicht nur gewohnte Kost auf dem Speisezettel stehen, sondern auch Speisen aus dem jeweiligen Land. So habe ich es immer gehalten. Na ja, ich bin halt auch in Sachen Verpflegung experimentierfreudig. Manche Speisen fallen in die Kategorie *probiert, erledigt,* andere *einmal und nie wieder.* Doch die meisten sind *schmackhaft und interessant.* Was mir an den Speisen gerade in Südafrika immer besonders gut gefällt, ist die Tatsache, dass

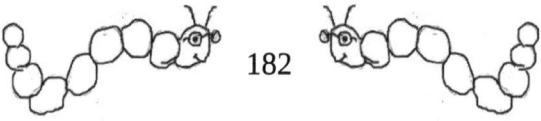

es viel frisches gibt. Obst und Salate gehören einfach immer dazu. Auweia, wenn ich nur daran denke, bekomme ich gleich wieder Appetit! Damit wären wir beim Thema. Es war vor nunmehr schon achtzehn Jahren. Wir waren auf dem Rückweg, irgendwo zwischen Stellenbosch im Weinanbaugebiet und Kapstadt. Da packte nicht nur der kleine, sondern ein großer Hunger nach unseren Mägen. Diese knurrten unüberhörbar. Wollten wir nicht den Rest der Strecke krumm im Auto liegen, waren wir gezwungen sie zu beschäftigen. Zum Glück kannte mein Cousin Tom die Strecke recht gut und steuerte ein nahe gelegenes kleines Restaurant an. Die Schönheit der Landschaft konnten wir in diesem Moment erst einmal nicht so recht würdigen. Doch der Speisekarte schenkten wir unsere volle Aufmerksamkeit. Bald schon standen die Teller mit dem dampfenden Essen vor unserer Nase. Rasch zum Tischwerkzeug (auch Besteck genannt) gegriffen und hinein damit in unseren Bauch. Es dauerte gar nicht lange bis die Teller leer geputzt waren. Am Liebsten hätten wir noch die Teller abgeleckt, so gut hatte es uns geschmeckt. Doch wir waren ja keine Wilden! Deshalb bleibt diese Übung auch weiterhin dem verborgenen häuslichen Bereich vorbehalten. Und auch da nicht in jedem Fall! So, das Essen hatte unsere Bäuche gefüllt. Jetzt konnten wir uns zurück lehnen und die Umgebung genießen. Das Rasthaus lag direkt

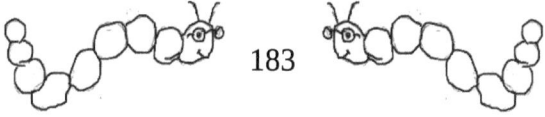

an der großen Fernverkehrsstraße, aber ein wenig verborgen hinter den Bäumen. Mit einer breiten Terrasse, auf der man ebenfalls essen konnte und einem kleinen Teich dahinter. Trotz der Straße war es angenehm ruhig. Vermutlich lag das an den Bäumen, die eine Art natürlichen Lärmschutz darstellten. Nachdem wir eine Weile herumspaziert waren, überkam uns eine Anwandlung ganz anderer Art. Na ja, nach dem oben nachgefüllt worden war, wollte auf der Kehrseite auch etwas wieder hinaus. Deshalb suchten wir die dafür zuständige Örtlichkeit, die Toilette. Keine Angst, wir mussten nicht hinter die Büsche! Eine nicht zu übersehende Ausschilderung führte uns an den rechten Ort. Dann standen wir vor der Tür. Wir öffneten sie. Überrascht blieben wir stehen. Was war *das* denn? Der Raum war schmal, länglich und mit einem roten Teppich ausgelegt. An dessen Ende führten drei Stufen aufwärts. Und oben stand er: Ein **Thron!** Ja wirklich, es sah aus als würde man einen echten Thron besteigen. Der einzige Unterschied bestand darin, dass hier zum Sitzen die Hose herunter gelassen und der Sitzdeckel aufgeklappt werden musste. So thronte man also im wahrsten Sinne des Wortes bei der Erledigung seines Geschäftchens. Wäre theoretisch jetzt jemand zur genau gegenüberliegenden Tür hereingekommen, hätte man ihn wie ein Herrscher von hoch oben auf dem Thron begrüßen können. Diese

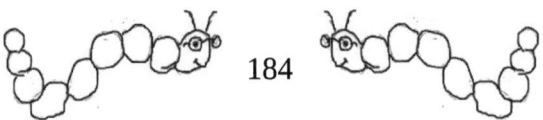

Örtlichkeit fanden wir so toll, dass wir vor der Weiterfahrt noch ein Foto davon schießen mussten. Leider ist dieses im Laufe der Jahre verloren gegangen. Doch alle damals Beteiligten können sich noch immer gut an den Thron und das erhabene Gefühl darauf erinnern.

Damit kommen wir zur Betrachtung eines weiteren Aspekts einer Individualreise, das Fahrzeug. Natürlich ist es ein Mietwagen. Speziell für Namibia buchen wir immer 4x4, also ein Allradfahrzeug. Nur bei unserer allerersten Reise war das nicht notwendig. Da hat uns ja mein Cousin in seinem Auto durch Südafrika chauffiert. Und dieses Auto war wesentlich älter als die Mietfahrzeuge. Dass sich daraus Probleme ergeben können, war fast schon vorprogrammiert. Soll aber hier auch Erwähnung finden.

Tücken der Technik

In eben jenem Jahr waren wir also mit dem alten Auto meines Cousins unterwegs. Dass es ein wenig klapperte, störte kaum. Sein Appetit auf Öl schon mehr. Doch die Preise an den Tankstellen waren im Vergleich zu Deutschland mehr als moderat. Hinzu kam noch der äußerst günstige Umrechnungskurs. Wir mussten eben nur bei jedem Tanken kontrollieren, dass noch genug Öl vorhanden war. Wieso eigentlich wir? Hier brauchte man selbst an der Tankstelle keinen

Handschlag selbst machen. Für alles gab es jemanden, der das für uns übernahm. Das Einzige, was wir selber tun mussten, war, an die Tankstelle heranzufahren. Ab diesem Zeitpunkt sprangen dann gleich mehrere Angestellte um das Auto herum. Einer übernahm das Tanken, ein anderer putzte die Scheiben, der dritte prüfte den Luftdruck und der vierte übernahm für dich den Weg zur Kasse zwecks Bezahlung des Kraftstoffes. Klappte prima! Ach ja und dann fand sich auch meist noch ein fünfter, der sich um die Flüssigkeiten unter der Motorhaube, wie Kühlwasser und Öl kümmerte. Der perfekte Service! Ja, sie wollten alle dafür auch einen kleinen Obolus. Doch wie schon gesagt, für uns war das alles Kleingeld. Für die Arbeiter hingegen ein ernsthafter Verdienst. Und da man in Südafrika jede vorhandene Tankstelle nutzen sollte, hatten auch wir zu diesem Zeitpunkt schon reichlich Gebrauch von diesen gemacht. Gerade erst hatten wir getankt, Öl, Wasser und Reifen prüfen lassen, denn unser Weg führte uns durch die Swartberge. Hier findet man über große Strecken gar keine Tankmöglichkeit mehr. Dafür umso mehr Straßen mit Serpentinen, steilen Bergen und tiefen Schluchten.

Auf einer solchen waren wir gerade aufwärts unterwegs als es plötzlich laut knallte und aus dem Motorraum eine Dampfsäule aufstieg. Das Auto wurde merklich langsamer. Es war damit zu

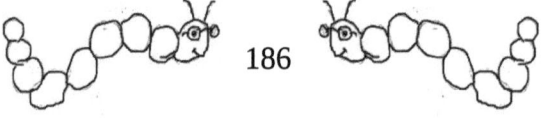

rechnen, dass es bald gar nicht mehr vorangeht. Deshalb suchten wir rasch eine Stelle, an der wir problemlos anhalten und nachschauen konnten. Die war glücklicherweise schnell gefunden. Eine kleine Parktasche, die normalerweise zum gegenseitigen Ausweichen auf der schmalen Straße gedacht war. Damit sich das Auto nicht dreist selbständig macht, zogen wir nicht nur die Handbremse an, sondern legten auch noch Steine hinter die Räder. Die Motorhaube öffnen trauten wir uns nicht sofort. Immer noch stieg Dampf auf. So ließen wir das Auto erst ein wenig abkühlen. Als wir meinten die Motorhaube gefahrlos öffnen zu können, taten wir es ganz vorsichtig. Schließlich wussten wir nicht, welch böse Überraschung uns darunter erwarten würde. Und dann sahen wir die Bescherung. Der Deckel vom Kühlwasserbehälter fehlte! Da hatte ihn wohl der Kontrolleur an der letzten Tankstelle nicht ordentlich festgeschraubt und durch das Geholper auf der Straße hatte er sich gelöst. Die Dampfwolke, die wir zuvor gesehen hatten, war also das kochend heiße, ausgetretene, Kühlwasser. Ohne Kühlwasser konnten wir aber nicht weiter fahren. Wir hätten sonst einen irreversiblen Schaden am Motor verursacht. Na, das hatte uns gerade noch gefehlt! Der Deckel fand sich recht schnell. Erlag Gott sei Dank noch im Motorraum. Nun ja und Wasser war auch in der Nähe, aber in zirka fünfzig Meter Tiefe, in dem Fluss,

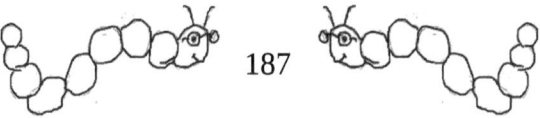

der unten in der Schlucht floss. Die Felswand war zu steil zum Hinunterklettern. Wo also jetzt Wasser herbekommen, um bis in die Nähe der nächsten menschlichen Behausung zu kommen? In höchster Not fielen uns dann unsere Trinkflaschen ein. Diese hatten wir im Rasthaus mit frischem Leitungswasser befüllt. Das war eigentlich für uns gedacht, weil man ja nicht ohne Wasser unterwegs sein sollte. Doch jetzt war es wichtiger, das Auto wieder flott zu kriegen, als mal ein wenig Durst zu haben. Also opferten wir eine der Flaschen für das Auto. Nun konnten wir wenigstens wieder starten. Doch zusätzlich musste auch die Heizung auf Maximum aufgedreht werden, um so viel Wärme wie möglich abzuleiten. Und das, wo draußen schon + 30°C herrschten! Doch was tut man nicht alles, um nach Hause zu kommen. Zwei weitere Flaschen mussten wir noch dem Auto spendieren. Dann reichte es, um bis zum nächsten Ort und an die dortige Tankstelle zu kommen. Dort wurde alles wieder in Ordnung gebracht. Wir füllten unsere Flaschen wieder auf und schafften es dadurch bis zu Toms Haus.

Die Mietwagen auf unseren weiteren Reisen waren zwar sehr viel neuer und moderner, aber nichts desdotrotz störanfällig. Wie die nächste Episode eindrucksvoll beweist:

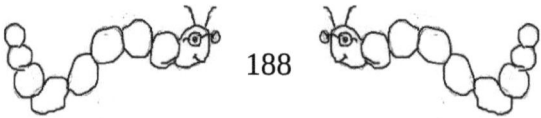

Autoreparatur auf afrikanisch

Ein weiteres technisches Problem trat auf unserer zweiten Reise nach Südafrika auf. Von der Autovermietung hatten wir einen fast neuen Toyota als Reisefahrzeug bekommen. Dieses Mal war es kein Allrad-, sondern ein normaler PKW. Er hatte nur ungefähr 20 000 km auf der Anzeige. Darüber haben wir nicht schlecht gestaunt. Doch dieses Mal brauchten wir kein Allrad-Fahrzeug. Immerhin waren wir in Südafrika, mit modernen Teerstrassen und besseren Schotterstrecken. Fröhlich packten wir unsere Koffer ein und wollten starten. Da tat sich das erste Hindernis auf. Das Lenkrad war weg! Das konnte doch gar nicht sein? Lachend fanden wir es kurz darauf. - Auf der anderen Seite des Autos! - Uns war einfach entgangen, dass hier ja Linksverkehr angesagt war. Also alles „verkehrt herum" angeordnet. Doch diese Hürde war schnell genommen. Nach vorsichtigem Beginn fuhren wir schon bald recht zügig durch die Lande. Irgendwann erreichten wir den Krüger-Nationalpark. Er stand mit mehreren Camps auf unserer Liste. Wie fast jeden Abend hieß es auch hier wieder: Kofferraum auf, Koffer raus, Kofferraum zu. Aber was war das denn schon wieder? Der Kofferraum wollte nicht zu bleiben! Na, solche Eigenwilligkeiten können wir aber nicht durchgehen lassen! Dieser Meinung waren auch meine beiden Mitreisenden. Im Park mochte das ja noch angehen. Den

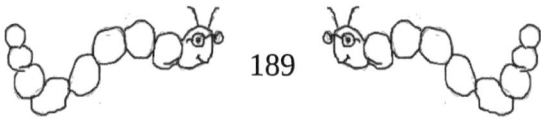

Affen war unser Gepäck garantiert zu schwer zum Ausräumen. Doch wenn wir im Anschluss daran, nachdem wir den Park verlassen haben, in eine Stadt kommen, geht das nicht mehr. Und mit Schnürsenkel zubinden ist auch keine Lösung. Bleibt nur der Mietwagenservice. Gut, dass ich die Notfallnummer hatte. So konnte ich gleich am Nachmittag vom Camp aus anrufen. Wie ich erfuhr, gab es sogar im Park eine Station. Allerdings in dem Camp, welches wir am Vortag verlassen hatten. Na gut, dann erst einmal telefonisch. Ich schilderte mit meinen schmalen Englisch-Kenntnissen das Problem. Nach mehreren Rückfragen hatte es der Herr am anderen Ende der Leitung dann auch verstanden dass die Kofferraumklappe sich nicht mehr schließen ließ. Nun hatte ich ja gehofft noch am gleichen Nachmittag in das andere Camp hinüberfahren zu können, zwecks Reparatur. Doch den Zahn konnte ich mir ziehen lassen. Energisch verkündete die Stimme am Telefon es sei kurz vor 16:00 Uhr, da habe er Feierabend. Was nun? Er bestellte mich für den nächsten Morgen gleich zu Arbeitsbeginn um 9:00 Uhr zu sich. Na die konnten tolle Arbeitszeiten haben! Doch was half es, mir blieb nichts anderes übrig. So wurde am nächsten Morgen gleich ein Safariausflug aus der Reparatur-Tour. Pünktlich 9:00 Uhr standen wir wie verabredet vor der Camp-Rezeption und warteten. Auf der Einfriedung der

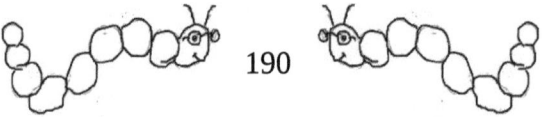

190

Blumenrabatte saß ein Afrikaner und putzte geruhsam seine schwarzen Lackschuhe. Da ich den Mitarbeiter der Autovermietung ja nicht von Angesicht kannte, meldete ich mich an der Rezeption. Diese verwies mich an den Schuhe putzenden Mann vor der Tür. Das sollte der Mitarbeiter der Autovermietung sein? Na, einen Versuch war es wert. Ich sprach ihn an. Und wirklich, er war es. Natürlich wollte er das Problem persönlich begutachten. Verständlich, er musste sich ja ein Bild von dem Schaden machen. Nach dem ich ihm nochmals erklärt hatte, das die Kofferraumklappe nicht schließt, nickte er verstehend mit dem Kopf und bat mich beiseite zu treten. Ja was machte er denn jetzt? Er nahm etwas Anlauf, drehte sich im Laufen um und landete mit seiner Kehrseite genau auf der Klappe. Strahlend rutschte er herunter. Prompt sprang die Klappe wieder hoch. Er guckte verdutzt, nahm erneut Anlauf und wiederholte die Landung vom vorhergehenden Mal. Dieses Mal blieb er einen Moment länger darauf sitzen, hüpfte nochmals auf und nieder und hoffte so, das Problem gelöst zu haben. Doch die freche Klappe war anderer Meinung. Stur bestand sie darauf offen zu bleiben. Mein Mann und ich feixten schon heimlich. Diese Art der Reparatur hatten wir uns nicht vorgestellt. Sie schien auch nicht sehr wirkungsvoll. Nach einem dritten misslungenen Versuch erklärte uns der Mann, die Klappe wäre

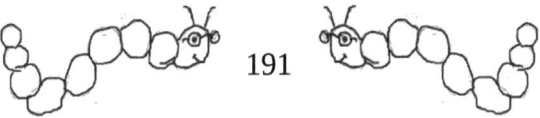

kaputt. Toll, deshalb waren wir ja hier! Da er sie aber hier nicht reparieren könne, müsse das Fahrzeug ausgetauscht werden. Na endlich eine gescheite Lösung!

Das Ende vom Lied war, das wir, immer noch mit defekter Klappe, hinter ihm her zur Reparaturstation fahren mussten, wo unser defektes Auto gegen ein intaktes ausgetauscht wurde. Nach dem Umladen der Koffer konnten wir beruhigt unsere Reise durch das südliche Afrika fortsetzen und neue Abenteuer erleben.

Doch jetzt erst einmal genug Exkursion in Geschichte und Botanik. Obwohl.. in geschichtlichen Zeiträumen bleiben wir schon noch ein wenig. Es gibt da einen Ort, den ich nicht unterschlagen will.

Graaff-Reinet

Dieses nette Städtchen liegt in Südafrika in der Nähe von Port Elisabeth. Laut Prospekt ist Graaff-Reinet die viert älteste Stadt in ganz Südafrika. Und nachdem wir den Ort besucht hatten, konnten wir uns das auch sehr gut vorstellen. Graaff-Reinet ist nicht sehr groß. Der Hauptteil des Ortes besteht aus alten Villen und Häusern im Stil des 17.-18.Jahrhunderts. An den Hauswänden finden sich vielfach

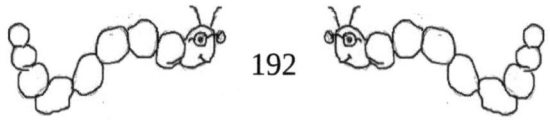

Malereien oder Ornamentarbeiten. Vor dem Haus ein Gärtchen mit reichlich Blumenpracht und großen Schatten spendenden Bäumen. Ein kleiner Gartenteich mit Springbrunnen und aufgestellten Skulpturen rundet das Bild ab. Umgeben ist das Haus von einem, meist schmiedeeisernen, Zaun. Alles wirkte protzig, prunkvoll oder zumindest herrschaftlich. Leider stehen heute viele dieser alten Villen leer und bröckeln vor sich hin. Es findet sich kein neuer Besitzer. Auch unsere Unterkunft in Graaff-Reinet machte einen herrschaftlich düsteren Eindruck. Vor dem Haus stand ein riesiger alter Baum, dessen Stamm nur von mindestens vier Männern umfasst werden konnte. Als wir das Zimmer betraten, schlug uns dämmrige Helligkeit entgegen. An den Fenstern befanden sich schwere dunkelgrüne Samtvorhänge, die das Sonnenlicht daran hinderten hereinzuscheinen. Nach dem wir diese mit einer Kordel zurückgebunden hatten, entdeckten wir weitere Einzelheiten. So konnten wir zum Beispiel erst jetzt das große Himmelbett mit dem grünen Baldachin darüber richtig bewundern. Ein schwer aussehender dunkler Sessel und ein massiver Holztisch vervollständigten die Zimmereinrichtung. Auch die Wände waren im Farbton an das Gesamtbild angepasst. Sie waren ebenfalls in einem kräftigen Grünton gestrichen. Insgesamt passte ja alles farblich und gestalterisch zueinander. Für unseren Geschmack war das alles

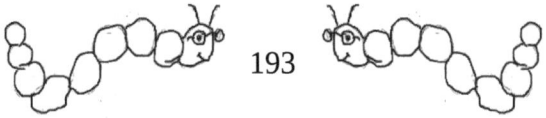

aber etwas zu düster. Zumal auch das Wetter draußen gerade einen auf kräftiger Regen machte.

Jetzt aber genug düsterer Geschichte. Lasst uns wieder zu fröhlicheren Themen kommen. Die erlebe ich meist wenn ich mit meinem Sohn unterwegs bin. Häufig empfinde ich sie aber erst hinterher als lustig.

Wüstentour

Da war zum Beispiel die Reise 2011 nach Namibia. In diesem Jahr hatte es in Namibia ungewöhnlich viel geregnet, sodass unsere Reisepläne mehrmals umgestellt werden mussten. Einige der vorgebuchten Camps waren auf Grund der Überflutungen der Anfahrtswege unerreichbar. Zum Glück erhielten wir stets gute Ausweichquartiere. Doch der Hauptteil der Reiseroute blieb unverändert.

 Inzwischen hatten wir uns bis Swakopmund vorgearbeitet. Von dort aus wollten wir einen kleinen Ausflug in die Wüste machen. Mein Herr Sohn meinte nämlich, wenn man schon ein Allrad-Fahrzeug hat, sollte man es auch mal zweckentsprechend zum Einsatz bringen. Na gut, fahren wir also ein Stück in die Wüste. Es gab mehrere kleine Weg, die in die Kalahari hinein abzweigten. Wir wählten den Weg

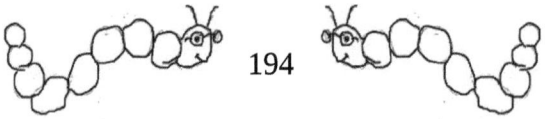

194

vorbei am Flughafen, wo die Teerstraße endete und als Sandweg weiterlief. Auf der Karte hatten wir gesehen, dass es in diese Richtung ein Wüstencamp gibt. Konnte also meiner Meinung nach nicht so schlimm werden mit der Wüste. Doch dann war da plötzlich ein Wasserlauf, wo eigentlich keiner sein sollte. Der Untergrund wurde zur sandigen Schlitterfläche. Jetzt begann es Sohni erst recht Spaß zu machen. Mir aber wurde schon ein wenig bange. Blitzschnell hatte er Reifenspuren seitlich vom Weg entdeckt, die zu einer Stelle führten an der man den Wasserlauf mit dem Schlittersand durchfahren konnte. Mehr schwamm er durch als fuhr er hin. Doch wir kamen auf der anderen Seite an und konnten wieder den festen Weg benutzen. Inständig hoffte ich, dass es das gewesen war. Seitlich von uns entdeckte ich einen weiteren richtig fließenden Fluss, mitten in der Wüste. Das war faszinierend! Normalerweise schaffen es Flüsse aus den Bergen nicht einmal über die Hälfte der Strecke, dann versickern sie im Sand. Dieser aber **floss** und schaffte es bis zum Meer. Und nicht etwa nur als schmales Rinnsal, sondern als wirklicher breiter, wenn auch flacher, Fluss. Ich kam aus dem Staunen nicht heraus. Durch das viele Wasser war die Wüste an den Ufern des Flusses richtig aufgeblüht und voller Grün. Wenig später erreichten wir dann auch das Camp, welches wir uns als Ziel gesetzt hatten. Nach einer kurzen

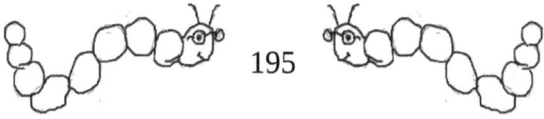

Besichtigung bestand ich dann darauf, dass wir wieder zurück nach Swakopmund fahren. Machten wir auch, aber auf einer anderen Strecke, wiederum quer durch die Kalahari.

Die Furt

Und auch diese Fahrt hatte es in sich. An das Schlingern durch den weichen Sand hatte ich mich schon fast gewöhnt. Mein Sohn hatte gewaltig Spaß. Nur mir war etwas mulmig. Nicht zu Unrecht, wie ich kurz darauf feststellen musste. Erneut stellte sich ein Fluß in unseren Weg. Zum Kuckuck! Hatten sich denn alle Wasser der Berge auf den Weg quer durch die Wüste bis zum Atlantik gemacht?

Ich betrachtete die Fahrspur. Sie führte zu einer Furt. Das sah ja schon mal gut aus! Direkt neben der Furt, im Schatten eines einzelnen Baumes saß eine einheimische Familie. Erst ein Mal nichts ungewöhnliches. Warum sollten sie nicht im Baumschatten ausruhen? Wir hatten uns der Durchfahrt durch den Fluß bis auf etwa 10m genähert. Plötzlich sprang ein junger Mann unter dem Baum hervor. Mächtig erschrocken traten wir auf die Bremse. Mit den Armen wedelnd kam er auf uns zu. Ich nahm an, er wolle mitgenommen werden. Ich hatte aber mit meinem Sohn vereinbart, dass er nicht innerhalb des Autos mitfahren sollte. Er war ja ein völlig Fremder!

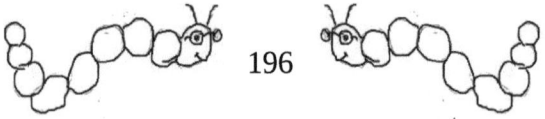

Sicherheit geht schließlich vor. Doch der junge Mann hatte anderes im Sinn. Am geöffneten Fahrerfenster erklärte er, dass die Strömung an der Furt viel zu stark wäre. Da würden wir abtreiben. Nach dem wir uns die Sache genauer angeschaut hatten, mussten wir ihm zustimmen. Wie aber jetzt heil auf die andere Seite kommen? Eins stand fest: Wir **mussten** auf die andere Flußseite, wenn wir nicht einen Umweg von fast 50km und die hereinbrechende Dunkelheit in Kauf nehmen wollten. Doch der junge Mann wusste Rat. Es gäbe nur 100m weiter oberhalb dieser Stelle eine Möglichkeit, erklärte er uns. Die wäre aber schwer zu finden. Deshalb müsse er mitkommen. Wir waren skeptisch. War das eine Falle? Warteten dort seine Kumpane und wollten uns ausrauben? Mein Sohn war da optimistischer als ich. Und so nahmen wir das Angebot an. Ins Auto wollte er auch gar nicht. Er stellte sich einfach auf die Trittstufe fahrerseitig und hielt sich am Fensterrahmen fest. Dann lotste er uns zu der angegebenen Stelle, gab meinem Sohn noch ein paar Tipps wegen der Allradeinstellung und sprang noch vor der Flußdurchfahrt ab. Aber nicht etwa, um davon zu laufen. Nein, er watete ins Wasser und wurde somit zum Lotsen. So konnten wir an einer Stelle mit weniger Strömung und Gefahr den Fluß überqueren. Natürlich haben wir uns bei ihm bedankt! Doch er wollte KEIN GELD! Er bat nur um etwas Wasser und ein paar

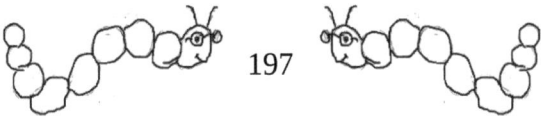

Zigaretten. Letztere konnten wir ihm als Nichtraucher zwar nicht geben, aber zwei große Flaschen Trinkwasser.

Tagesspecial: Wasser von oben

Unsere Unterkunft lag in einem Talkessel des Erongo-Gebirges, ganz romantisch. Von drei Seiten ragten steile schwarze Felsen in die Höhe. Wir fühlten uns sehr wohl bei unseren Gastgebern. Und für den Abend war anstelle des normalen Abendbrotes Grillen angesagt. Darauf freuten wir uns ganz besonders, denn es sollte Zebra-Steak geben. Leider sah der Himmel nicht ganz so freundlich aus. Große dunkle Wolken sammelten sich an den Berghängen. Glücklicherweise war der Grillplatz überdacht. Unser Steak konnten wir somit ungewässert genießen. Nur am Rande bemerkt: Zebra schmeckt sehr lecker und es war ganz zart. Doch zurück zum Thema Wetter. Bereits während des Grillens begann es zu tröpfeln. Nur gut, dass wir nur wenige Meter bis zu unserer Zimmertür laufen mussten, die zwei Stufen über die Terrasse vor der Tür mit gerechnet. Müde von einem anstrengenden Tag voller Erlebnisse und gut gefülltem Bauch mit Zebra-Steak, Salat und Obst schliefen wir bald darauf ein. Doch unser Schlaf währte nicht lange. Ein lauter Paukenschlag weckte uns. Erschrocken

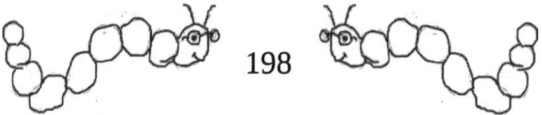

richteten wir uns in unseren Betten auf. Draußen war es stockdunkel. Da, der nächste Paukenschlag. Dazu wurde es sekundenlang taghell. Nun waren wir endgültig wach. Wie wir gleichzeitig realisierten, tobte draußen ein heftiges Gewitter. Durch den Widerhall an den Berghängen tönte jeder Donnerschlag um ein mehrfaches heftiger als wir es von zu Hause kannten. Dazu gesellte sich ein gewaltiger Starkregen, der auf das Dach prasselte. Licht konnten wir keines anschalten, da der Generator um 22:00 Uhr abgeschaltet worden war. Also griffen wir zur Taschenlampe und schlichen zur Tür. Warum wir damals schlichen weiß ich auch nicht mehr. Bei dem Radau, den der Donner machte, hätten wir trampeln können wie Elefanten und keiner hätte uns gehört. Unsere Sorge galt aber gar nicht der Lautstärke, sondern dem Regen. Schließlich hätte er unter der Tür hereinlaufen können. Doch wie wir im Schein der Taschenlampe feststellten, blieb im Türbereich alles trocken. Nur an einem der Fenster hatte der Regen einen Weg nach drinnen gefunden. Das haben wir ihm aber ganz schnell verwehrt. Jetzt konnten wir uns beruhigt wieder hinlegen. Einschlafen funktionierte aber erst, nachdem der Donner sich beruhigt hatte und nur noch zahm von Ferne an unser Ohr drang.

Als wir am nächsten Morgen erwachten, schien bereits wieder die Sonne. Frohgemut stürmten wir aus dem Zimmer. Nur um wenige

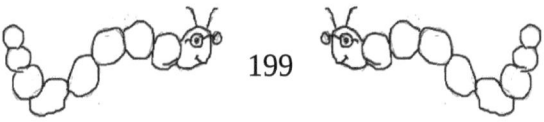

Augenblicke später wieder kehrt zu machen. Auf dem Hof stand das Wasser noch immer etwa zehn Zentimeter hoch. Der Hof war ein einziger Teich. Nicht einmal den Hühnern unserer Gastgeber sagte das zu. Auch sie standen am Eingang ihres Hühnerhäuschens und beschwerten sich lauthals über die nasse Auslauffläche. Da hatten wir ein wenig mehr Glück. Wir kamen wenigstens bis auf die Terrasse. Doch bereits an der Terrassenkante begann der Teich. Da standen wir nun, zwanzig Meter vom Haupthaus und unserem Frühstück entfernt und kamen nicht zueinander. Unser Magen knurrte. Doch das Wasser hatte es nicht so eilig mit dem Abfließen. Letztendlich blieb uns nichts anderes übrig als die Schuhe in die Hand zu nehmen und Wassertreten zu veranstalten, um an das begehrte Essen zu gelangen. Nur gut, dass das Wasser relativ warm war. Für Außenstehende hat es sicher putzig ausgesehen, wie wir wie der Storch im Salatbeet die Beine hebend, hindurch stelzten.

Das Wasser benötigte noch den gesamten Vormittag zum Ablaufen, dann war der Hof wieder trocken.

Irgendwann endet leider auch der schönste Urlaub. Etwa traurig machten wir uns auf den Weg zum Flughafen. Im Herzen aber trugen wir die Gewissheit, dass wir zurückkehren und neue Abenteuer erleben würden.

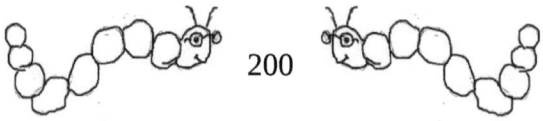

Inhaltsverzeichnis

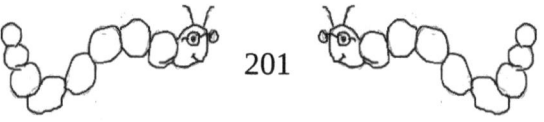

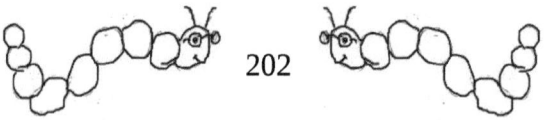

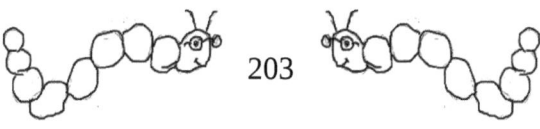

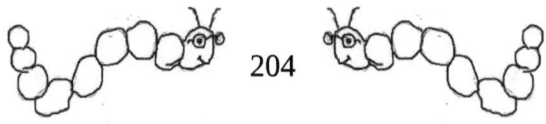

Meine bisherigen Bücher:

2008 „Daumen drauf"

2011 „Virus Africanis"

2011 „Was Opa so alles weiß"

2013 „Affenknacker für Wiederholungstäter"

2014 „Ein Affe am Frühstückstisch"

2015 „Der Geschichtenbrunnen"

2016 „Bunter Geschichteneintopf"

2017 3x „Lustige Tierwelt" - zweisprachig (deutsch/polnisch
                                             deutsch/tschechisch
                                             deutsch/sorbisch)

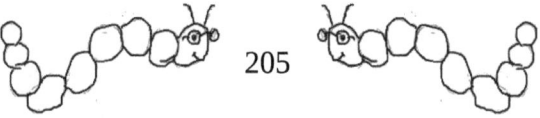

Anthologien an denen ich mit gearbeitet habe:

2015 „Winter Weihnacht Wunderbares"

2016 „Geheimakte Rumpelstilzchen"

2016 „Die Viecher sind schuld !"

2017 „Wo Dämonen schön wohnen"

2017 „Wenn Winterwunder wahr werden"

2018   „Es fliegt die Zeit mitsamt der Uhr"

weitere Informationen siehe :

www.hoywoy-buechermix.de

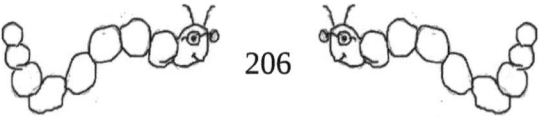

Impressum

Bibliografische Informationen der Deutschen Nationalbibliothek:

Die Deutsche Nationalbibliothek verzeichnet diese Publikation in der Deutschen Nationalbibliografie; detaillierte bibliografische Daten sind im Internet über
http://dnb.d-nb.de
abrufbar

Texte:	Iris Fritzsche
Buchcover	Iris Fritzsche und Pixabay-Fotos
Innenfotos:	© Iris Fritzsche/ Privat
Herstellung und Verlag:	BoD – Books on Demand, Norderstedt

ISBN	9 783748 126034

2.neuüberarbeitete Auflage

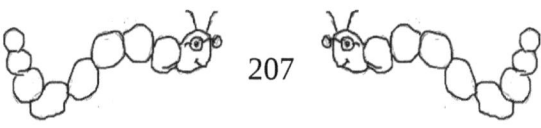

Über mich:

Geboren bin ich in der sächsischen Oberlausitz, in der schönen Stadt Löbau. Seit 1961 wohne ich in Hoyerswerda.

Begonnen habe ich mit dem Schreiben bereits während der Schulzeit. Damals waren es Gedichte und private Reiseberichte für die Familie. 2006 traf ich die, leider viel zu früh verstorbene, Autorin W.Skoddow. In dem, von ihr geleiteten, Schreibzirkel erwarb ich das notwendige Rüstzeug für meine eigene schriftstellerische Tätigkeit. 2008 erschien mein erstes eigenes Buch, dem bis heute sieben weitere folgten. Seit 2011 bin ich Mitglied im FDA-Sachsen (Freier Deutscher Autorenverband).

Jetzt bin ich Rentner und habe Zeit für weitere Projekte. So habe ich zum Beispiel 2011 mit der Arbeit im Kinderbuchbereich begonnen. In diesem Genre schreibe ich unter dem Pseudonym Ira Silberhaar.